# Moi,
# Alfredo Pérez

*Pour Pierre.*

MARIE-CHRISTINE HELGERSON

# MOI, ALFREDO PÉREZ

*Illustrations intérieures de*
*ÉRIKA HARISPÉ*

Castor Poche Flammarion

## Marie-Christine Helgerson

L'auteur est née à Lyon en 1946. Elle a quitté la France pour les États-Unis à 21 ans. Elle vit en Californie avec son mari et sa fille.

« Pendant dix ans, j'ai enseigné à lire et à écrire à des enfants du monde entier. Être immigrant n'est jamais facile. Trouver sa place dans des sociétés aussi agressives et complexes que la France ou les États-Unis est souvent décourageant, parfois effrayant.

« Dans cette histoire, un jeune immigrant réussit ce qu'il entreprend. Le succès d'Alfredo me fait plaisir. J'espère qu'il rendra heureux ceux qui le liront. »

Du même auteur, en Castor Poche :
*Quitter son pays*, n° 30 ;
*Claudine de Lyon*, n° 100 ;
*Dans les cheminées de Paris*, n° 119 ;
*L'apprenti amoureux*, n° 288 ;
*Dans l'officine de maître Arnaud*, n° 333.

## Érika Harispé

L'illustratrice de l'intérieur est née en Égypte. «J'ai passé les trois premières années de mon enfance dans une oasis, Ismaïlia, au milieu des sables chauds. Puis je suis venue en France et me suis installée à Nice. Avec mes amis, nous faisions des caricatures des habitants du quartier. Plus tard, au lycée, je dessinais pendant les cours.

Aujourd'hui, j'habite avec ma fille Gaëlle pas très loin de Paris, dans une petite maison. Je dessine toujours devant ma fenêtre et j'ai la chance d'observer une trentaine d'oiseaux d'espèces différentes.»

## Marcelino Truong

L'illustrateur de la couverture est né en 1957 à Manille (capitale des Philippines), d'un père vietnamien et d'une mère française. Il passe une enfance voyageuse au Viêt-nam, aux États-Unis et en Angleterre. Après Sciences-po, l'agrégation d'anglais et d'innombrables petits métiers, à vingt-cinq ans, il choisit la vie d'artiste. Il a appris le métier d'illustrateur sur le tas en multipliant les collaborations dans la presse, l'édition et la publicité. Marcelino Truong a illustré de nombreux livres pour la jeunesse chez différents éditeurs, ainsi qu'une bande dessinée sur le Viêt-nam des années vingt.

Il se consacre aussi à la peinture avec un thème de prédilection, le Viêt-nam, où il se rend régulièrement. Il vit à Paris, avec sa femme et ses deux filles, qui montrent déjà d'évidentes dispositions pour le dessin.

# Chapitre 1

Ma famille a quitté le Mexique : là-bas, on n'aurait jamais pu gagner la Guerre des Dettes.

J'avais douze ans. Catarina, ma sœur, quatorze.

On n'allait pas à l'école mais on savait lire et écrire, et on était bon à la chasse aux cafards.

Mais pas que ça!

Catarina calculait avec une incroyable rapidité. Elle savait combien nous gagnions; combien nous dépensions; combien nous devions.

– Alfredo, m'a dit Catarina, je t'apprendrai à faire des budgets. Papito compte des rêves. Mamita, des cauchemars.

Les soirs de printemps, tièdes et clairs, quand Catarina pouvait rester au calme loin de la maison, elle fermait les yeux. Ses lèvres s'agitaient comme si elle mâchait des mots silencieux. Pour moi, elle s'amusait avec des chiffres vagues. « Les chiffres sont justes ou faux, pas vagues, Alfredo! »

Pour nous faire vivre, mon père achetait à crédit des vélos cassés, les réparait bien et les revendait mal. Avec des bouts de pneus, il fabriquait des nu-pieds. Il marchandait des sacs en toile pour tailler des rideaux de W.-C. Il récupérait des planchettes pour des cages à oiseaux; des tôles pour construire des fours. Toutes ses trouvailles s'empilaient haut, dans la maison et dans la rue.

La dernière dette était énorme : Papá avait acheté à crédit une télé. Il louait des places aux gens du quartier pour venir la regarder chez nous. Ça a marché pendant un mois. Et puis la télé s'est cassée. Papá ne savait pas la réparer. Elle trônait là, encombrante, inutile, splendide, muette.

Et, afin d'oublier ses soucis, Papá empruntait pour son tabac et sa bière.

Ma mère aussi achetait à crédit : la farine, le café, les haricots, le lait (moitié eau-moitié lait)...

Et moi j'avais mon lot de dettes pour ma radio et mes Coca-Cola. Et même ma sœur : elle avait demandé à mon père un vélo. Consciencieuse, elle le remboursait à quatre pour cent d'intérêt sur six mois.

J'admirais Catarina. Elle avait deux jobs.

Le propriétaire la payait pour nettoyer le trottoir du groupe d'appartements. Il lui avait donné un balai usé, aux poils trop courts... Chez un menuisier, elle ramassait les déchets pour faire des paquets de bois d'allumage et lui donnait la moitié de la recette... « Garde tes sous, disait Mamá. Papá les aurait vite gaspillés. »

Et puis, se rajoutaient les dettes de mon oncle et de ma tante qui vivaient chez nous avec leurs quatre enfants. Ni l'un ni l'autre ne travaillaient.

Ma famille menait une guerre contre une bête rusée qui grignotait en douce notre argent et qui mordait chaque fois qu'on la croyait endormie.

Ma mère n'aimait plus sa vie. Elle en avait assez :

De manquer de gaz, d'eau. Il y avait une pompe dans la rue pour cent personnes.

Du propriétaire qui coupait l'électricité dès qu'un locataire était en retard pour les règlements.

D'être la gardienne des gouttières et de vider les cuvettes d'eau à la saison des pluies. « Regardez donc! C'est tout le plafond qui va dégringoler! »

De courir après des punaises qui vivaient gratuitement dans les matelas : pour deux de tuées, vingt renaissaient.

Assez des quatre cousins : Mamá les nourrissait, les lavait, les surveillait.

Notre tante dormait quatorze heures par nuit, et se réveillait pour manger, se laver, entortiller dans ses cheveux des rubans rouges, et se plaindre de cet appartement où l'on parlait de dettes et de vermine.

Ma mère en avait même assez de prier face au Reposoir pour demander l'aide de Notre-Dame de Guadalupe les yeux baissés, dans son halo d'or, et d'un Christ avec une couronne d'épines et des gouttes de sang sur le front. Tous deux étaient sourds.

Une seule chose ravigotait ma mère : les engueulades. Personne n'y échappait. Ses cris formidables éclataient de sa lourde poitrine. Ils étaient le carburant de notre vie et de la sienne.

*
**

– Alfredo, tu n'aurais pas du travail d'homme dans notre quartier, me disait mon père. Il vaut mieux que tu ne fasses rien.

Et il avait interdit à ma mère de me réclamer de l'aide dans la maison :

– C'est bon pour Catarina. Elle est une fille. Et demande aussi à ta grande flemmarde, ta grande mollasse de sœur.

Puisque l'on n'attendait rien de moi, je passais mes journées dans les rues, ma radio sur l'épaule. Et je cherchais par terre; des objets beaux; des objets rares; des objets de grande valeur. Des vraies trouvailles. Je les vendrais. Et j'irais voir mon père avec la recette.

« Heureux de faire ça pour vous, Señor Pérez ! Si ça peut vous aider... » Pendant mes centaines d'heures dans les rues, j'ai récupéré deux boutons en cuivre, une boucle d'oreille avec des anneaux d'acier, et un carreau en céramique bleu-vert qui avait des reflets d'or sous le soleil.

J'avais montré mes trouvailles à un marchand. « Ça n'a aucune valeur, je t'assure, Alfredo. Aucune. »

Mais je ne me lassais pas de mes recherches. Et j'étais libre.

Je n'aimais pas jouer, discuter, courir avec les autres garçons, et surtout pas me battre. Les grands m'intimidaient : j'avais peur qu'ils ne me prennent ma radio ou viennent avec moi pendant mes promenades. Et ils papotaient sur les filles. Catarina était la seule fille que j'admirais. Les plus petits, je les méprisais : ils ne savaient pas ce qu'était la recherche d'un objet rare. Ceux qui avaient exactement mon âge, je les ignorais.

Puis je me rapprochais de la maison. Même si je n'avais rien trouvé, j'aurais à manger. Il y avait toujours eu des tortillas, des haricots rouges, du maïs, des oignons et quelquefois des tripes de bœuf.

*
**

Mamá étendait de la sauce au piment sur des tortillas à coups de cuillère rapides.

Soudain, elle s'est arrêtée. Elle s'est assise devant Papá :

– Pablo, il faut changer notre vie. Quittons Mexico. Partons au nord. J'en ai parlé à la voisine du 34. Ses trois frères sont aux États-Unis. Ils lui envoient des chèques. Ils ne disent pas qu'ils sont heureux, s'ils parlent l'anglais. Mais ils travaillent. ILS TRAVAILLENT, tu entends ! Ils ont une voiture. Ils louent un appartement avec une télévision qui marche. QUI MARCHE. Et ils ne veulent pas revenir à Mexico. JAMAIS ! Partons, nous aussi. On a encore quelques années de vie, Pablo !

– Quelque chose de nouveau ? a demandé ma tante, en s'asseyant près de nous, maquillée, relevant sa jupe à fleurs au-dessus de ses genoux, et ajustant un énorme ruban rouge à pois

bleus et orange dans ses cheveux bouclés.
– Rien de nouveau, a dit Papá.
– Je fais partie de la famille. Qu'est-ce qu'on me cache?

En silence, Mamá jetait les tortillas de plus en plus vite sur la table. On les attrapait et on les dévorait en silence.

*
**

J'étais en train de boire du café et de croquer une papaye. Ma tante, boudeuse, faisait chauffer de l'eau pour sa toilette. Mon père était assis, la tête dans ses mains. Catarina repassait une robe avec soin. Ma mère pesait de la farine. Et les cousins sautaient sur les lits et se cachaient sous les couvertures dans le désordre du matin.

Très solennel, Papá a demandé à tout le monde d'aller dans la rue.
– Sauf toi, Alfredo. J'ai à te parler.

D'un revers de main, il a nettoyé le dessus de la table, il a placé deux chaises l'une en face de l'autre :
– Alfredo, j'ai un plan. Tu es le deuxième homme de la famille : tu dois savoir. Je vais partir seul pour les États-

Unis. Je trouverai un travail qui paie. Je vous enverrai de l'argent. Quand je serai installé, vous viendrez. Ton oncle et ta tante se débrouilleront ici. Je te laisse la famille.

Je me suis étranglé. « Moi, en charge de la famille?? Alors que je ne dois pas travailler?? » Les idées de Papá devenaient de plus en plus effrayantes.

On les connaissait les histoires sur les milliers et les milliers de Mexicains qui essayaient de partir vers le nord. On en avait vu à la télé. Mon oncle les écoutait en ville et nous les racontait. Papá ramassait des nouvelles au café.

« Pour ceux qui n'arrivent pas à passer, c'est la vie en camp pendant des mois près de la frontière. La bière pour s'endormir. Des puces à écraser pour se distraire. Pas de travail. Quinze dans une chambre. Ceux qui tentent leur chance se faufilent dans des trous de grillage pendant la nuit. Ou traversent la rivière à la nage. Ou marchent dans les cañons. Ou se cachent dans des trains. Les policiers américains ont des consignes : interdit d'utiliser les armes à feu. Mais la frontière est trop grande. Comme ils en ont assez de faire une surveillance impossible, quelquefois ils tirent. Et ça s'appelle un mort par accident. Et ceux qui passent enfin..., oui..., bonjour l'Amérique... Les uns se vantent de leur voiture, de leur métier, de leur salaire, de leurs repas dans des restaurants ouverts toute la nuit, de leurs achats dans des magasins débordants de choses pas chères. Et puis il y a les autres qui vivent comme dans leur quartier de Mexico avec les ordures, les rats, la puanteur et la vermine, des illégaux sans travail qui se cachent dans la crainte de se faire ramasser. »

Papá suivait un rêve comme d'habitude. Il n'avait rien préparé pour son départ, aucun papier. Il abandonnerait toutes les dettes, sa famille, l'oncle, la tante et leurs enfants. Il partirait d'un coup. Seul. Ailleurs. Pour essayer. C'était ça le plan.

Lorsque les autres sont revenus dans la cuisine, c'est moi qui ai tout expliqué.

Mamita a pleuré fort. Puis elle a crié :

– Ça sera ENSEMBLE! Je ne reste pas seule, Pablo. Tu seras loin. Deux ans, TROIS ans. Peut-être plus. Ou on demeure TOUS prisonniers du quartier et des dettes. Ou nous partons tous.

Papá se taisait.

Furieuse, Mamá a repassé son corsage noir à fleurs roses. Elle a nettoyé très vite sa cuisine qui est restée tout aussi sale. Elle a tiré les couvertures sur les lits et habillé les cousins.

– Je veux une réponse, Pablo Pérez! Mexico c'est le passé. L'avenir des enfants, c'est l'Amérique. Moi aussi, je veux une nouvelle vie. Alors?

– On part ensemble. La voilà ta réponse. Tu es contente?

Silence dans la cuisine.

Tout à coup, ma tante s'est effondrée sur son lit et a hurlé en tapant des poings contre le mur. Les cousins sont partis dans la rue.

Nous quatre, on s'est assis autour de la table. Catarina et moi, on se regardait avec des clins d'œil. Mamá a avancé ses lèvres pour envoyer un baiser à Papá. Papá ne l'a pas vu : il fixait une tache à l'angle de la table.

***

Dans trois sacs en toile qui s'accrochaient sur le dos, on a bourré deux couvertures, quelques vêtements, le Reposoir (les bougies et l'image de Notre-Dame de Guadalupe et du Christ), ma radio. Et une assiette en terre peinte bleu-vert et rose que je n'avais jamais vue.

– Alfredo, m'a dit mon père, ça représente Quetzalcóatl, le Serpent à plumes, le roi-dieu des hautes terres et du sol fertile. Son cœur brûlait d'un feu d'amour qu'il avait lui-même construit. Il avait découvert que le maïs était bon pour les gens. Il a refusé tout sacrifice humain. Il n'aurait jamais tué un animal, ni ramassé une fleur. Cette assiette appartenait à mon grand-père, puis à mon père. Pour me porter bonheur, il me l'a donnée quand je me suis marié avec Mamita. Un jour, elle sera pour toi.

– Si elle est rare, on devrait peut-être la vendre ?...

Papá a trouvé mon idée révoltante.

– Alfredo, l'assiette de ton grand-père dans le Yucatán ! Il y a des choses dont il ne faut pas savoir le prix, car elles se gardent toujours.

On a vendu les lits, l'armoire, les

casseroles, le pot en terre, les couverts.

Comme on partait vite, on a laissé les dettes. Pour l'honneur de la famille, mon père a promis que, lorsqu'il aurait fait fortune, il rembourserait tout. Promis.

Il l'a annoncé au café où il achetait sa bière à crédit. En trois heures, le quartier le savait. Pablo Pérez tentait sa chance, avec sa famille, en partant vers le nord.

En apprenant la nouvelle, l'épicier a déchiré la page du *Cahier des Prêts*. « Laissez les vieux soucis. Vous en trouverez assez le long du chemin. »

Seul, avec son crayon rouge, sur la table de la cuisine, le propriétaire avait calculé ce que serait le montant du loyer jusqu'au jour du départ.

– Mais vous oubliez qu'on était arrivé chez vous le 10 novembre, a protesté Catarina, pas le 7 novembre. Et on avait payé un mois complet.

– Tu te souviens de ça, toi? Tu n'étais pas née.

– J'ai une excellente mémoire. Calculez comme il faut.

On ne pouvait pas payer *et* le loyer *et*

le voyage. Pour se dédommager, le propriétaire a pris le vélo de Catarina et la montre de mon oncle. Le compte n'y était pas encore. Mamita lui a dit d'augmenter le loyer de ceux qui nous remplaceraient. « Ils ne pourront pas vous régler non plus. Vous leur apprendrez à vivre quelques jours sans électricité... Bouclez vos comptes sans nous. »

Mon oncle et ma tante ont traité mon père de vieux fou et de grand lâche. Mes cousins nous zieutaient avec envie : « Vous allez devenir des *gringos**. La voiture. La maison. Les dollars. Un four à micro-ondes. Une cassette vidéo et un magnétoscope. »

Notre famille a menti en chœur : « Jamais. »

En fait, on rêvait tous de ça : une maison propre, où il y aurait une salle de bains brillante comme dans une publicité à la télévision; une chambre pour chacun; de grandes fenêtres pour laisser passer le soleil; une voiture pour les parents.

Catarina et moi, on irait en classe.

* *Gringo* : pour les Mexicains, étranger, et plus spécialement Nord-Américain.

Papá se rendrait à son travail en chemise blanche avec une cravate.

Mamita nous préparerait un petit déjeuner dans une cuisine qui ne serait pas encombrée de deux lits pour six enfants; qui ne serait pas un entrepôt pour le barda de Papá. Elle aurait une robe de chambre mauve. On mangerait dans de la vaisselle scintillante et légère. Mamá ne crierait plus contre le linge qui séchait sur son fourneau et qui, à peine lavé, sentait déjà la graisse; contre le lait coupé avec de l'eau; contre sa sœur qui, pour se contempler dans le minuscule miroir, montait sur une chaise en occupant toute la place au moment du repas; contre mes cousins qui gaspillaient le savon; et contre mon père qui nous tuait tous avec ses projets.

On les avait vues, les publicités de télé, sur les jolies maisons claires et propres.

Après avoir bien pleuré et fait couler son maquillage, ma tante a roulé un gros paquet de vêtements. Elle a sonné chez une voisine qui cherchait de l'aide pour ses bébés.

Ma tante les garderait gratuitement à

condition qu'on loge son mari et ses enfants. Mamá n'a pas dit que sa sœur, coquette et paresseuse, s'arrangerait toujours pour avoir un salaire sans travailler.

Nous, on s'en allait tranquille. Les cousins et leurs parents vivraient dans une minuscule baraque en planches. Mais ils ne seraient pas dans la rue.

*
**

On est parti très tôt un matin.

Pour économiser, on a traversé Mexico à pied. Je ne m'étais jamais rendu compte que j'habitais une ville aussi grande. Il y avait des maisons de partout pendant des kilomètres. Enfin, on a trouvé une indication : Guadalajara. C'était notre route. Et on a fait de l'auto-stop pendant des heures. Un camion qui transportait des briques s'est arrêté. Papá et Mamá étaient devant à côté du chauffeur. Catarina et moi, perchés sur le chargement. Par la fenêtre, ma mère sortait la tête pour nous apercevoir. Elle souriait, elle agitait la main. « Des vacances, criait-elle! Des vraies

vacances ! » Le chauffeur avait mis de la musique très fort :

*Sin un amor*
*La vida no se llama vida...**

Et je tenais la main de ma sœur. Elle parlait peu. Est-ce qu'elle comptait ? Est-ce qu'elle se rêvait en Amérique ? Je la trouvais jolie avec ses deux lourdes tres-

* *Sin un amor, la vida no se llama vida* : Sans un amour, la vie, c'est pas la vie...

ses enroulées comme des serpents qui flottaient. Elle avait sa robe bleue qu'elle avait lavée et repassée chez une voisine juste avant le départ.

– A quoi tu penses, Catarina?

– Aux femmes américaines. Et toi, tu penses?

– Non! Y'a rien à penser.

Je respirais le vent chaud de la campagne sèche. J'étais le deuxième homme de la famille, content d'être près de Catarina.

***

On a marché, fait du stop, marché, fait du stop pendant cinq jours, jusqu'aux abords de Tijuana. Là, on a pris un bus. C'est ma mère qui a insisté : « Je veux arriver près des États-Unis avec éclat. Pas juchée sur un camion. Pas crevée dans les jambes. Prenons un bus. »

« Avec éclat?... »

C'était plein de gens épuisés qui attendaient une occasion pour franchir la frontière. Des hommes qui se passaient une cigarette, assis en rangées dans les rues au béton cabossé. Des familles endormies sous des tentes en bouts de plastique. Des gosses nus, couverts de furoncles et de croûtes. Ils pleuraient, le doigt dans le nez. Des femmes étendues, un bébé contre leur poitrine. Des gens qui demandaient l'aumône. Il y avait des fumées de braseros. Des bruits de klaxon et de radio.

Moi, je marchais. J'avais une chemise et un pantalon qui étaient encore propres. Et je ne voulais pas dire que j'étais épuisé.

Mais, maintenant, je me dégoûte en pensant à nous. J'ai honte pour Catarina toute sale et tachée, elle qui s'était donné la peine de repasser sa robe et de tresser soigneusement ses cheveux. Papá et Mamá sentaient mauvais comme les adultes qui ne se lavent plus. Les rêves s'étaient brouillés.

On est resté trois mois, dans une pièce que l'on partageait avec douze personnes. Les bébés criaient. Les adultes s'engueulaient. J'avais gardé dans ma poche mes deux boutons de cuivre et je me les coinçais dans les oreilles, la nuit, avec deux morceaux de papier. Je n'entendais plus rien.

Papá a essayé des tas de trucs pour se faire de l'argent : il récupérait des mégots et roulait des cigarettes qu'il revendait comme neuves; il louait ma radio à l'heure; il réparait des chaussures avec des morceaux de toile. Puis il s'est trouvé un vrai boulot : pour quelques *pesos**, il révélait les noms et les tarifs de ceux qui faisaient passer la frontière.

Catarina se demandait pourquoi Papá, si bien informé, n'était pas capable de nous renseigner, nous. Je pensais : « Le premier homme de la famille vend n'importe quoi. » Mais on avait assez à manger : haricots rouges-maïs, haricots rouges-maïs, haricots rouges..., – et les piments brûlent les lèvres et calment la faim.

Un jour, Papá est arrivé tout content.

Il m'a emmené dans un coin tran-

* *Pesos* : monnaie du Mexique.

quille. On s'est installés entre deux voitures aux pneus crevés.
– Alfredo, écoute : j'ai la combine sûre. Aucun risque de la police américaine. Pas besoin de papiers. Pas de grillage et de barbelés. Pas de marche dans le cañon. C'est une combine superbe.

Puis il a ajouté en bombant la poitrine :
– Un chef de famille ne désire rien de mieux pour sa femme et ses enfants. Le *coyote** m'a dit de prendre une lampe de poche. Je l'ai. De respirer du bon air. D'abandonner nos paquets. Ce que je ne ferai pas. On vérifiera les ficelles. L'assiette du Yucatán reste avec nous, et les couvertures ont été utiles. Le coyote m'a assuré : « Je n'ai jamais raté un passage. Suivez-moi les yeux fermés ! Je ne me fais payer qu'à la sortie. Pourtant, c'est moi qui prends les risques. »

J'ai demandé à Papá pourquoi il fallait respirer du bon air.
– Le coyote se charge des détails...

Une réponse pas très claire.

Et le soir, Papá a recommencé la

* *Coyote* : personne qui fait passer la frontière en se faisant payer.

même scène. Cette fois-ci on s'est coincé tous les quatre entre les voitures.

– Et l'argent ? a demandé ma mère.

– C'est calculé. J'ai des économies. Pas une dette.

Ma mère n'a pas fait d'objection. C'était la fin de trois mois d'attente dans cette pièce avec des gens qui s'enivraient et qui faisaient hurler la radio. La vie à Tijuana lui grignotait le cœur.

Catarina et moi, on s'inquiétait, mais ne pas faire confiance à Papá était plus effrayant.

*
**

Le coyote est venu nous chercher à minuit.

On l'a vu dans la lumière des phares de sa camionnette. C'était un homme immense, avec un ventre énorme qui débordait sur sa ceinture et de grosses moustaches recourbées aux pointes. Un chapeau et des bottes de cow-boy, et une serviette coincée sous son bras. Plusieurs fois, il a parlé en anglais, prétendant se tromper, en fait pour

révéler qu'il connaissait les gringos.

Ce gringo mexicain vivait de commerce en douce, mais il ne s'était jamais fait prendre. On lui confiait notre vie.

Dans le ciel luisait un bout de lune blanche.

Le coyote a laissé sa camionnette sur la route, tous feux éteints. Courbés, les uns derrière les autres, on a traversé un champ en pente, jusqu'au ravin.

– C'est là. Respirez avant de démarrer parce que ça va puer, dit le coyote. Je vous attends de l'autre côté. Mais d'abord, je veux revoir l'argent.

Papá a défait le bouton de sa chemise et a sorti l'enveloppe. Le coyote a tout recompté sous la lumière de la lampe de poche.

– Il n'y a qu'une direction pour vous : en avant. Ne traînez pas. Vous avez une demi-heure. Si vous ne ressortez pas par l'autre bout, vous mourrez seuls, là. Moi, je n'enterre personne.

Là.

C'était un ancien égout creusé sous la frontière. Les parents ramperaient en s'appuyant sur les coudes. Catarina et moi, on pourrait marcher à quatre pattes. Papá a décidé de passer devant, puis

Catarina, puis Mamita et moi derrière.

Et on s'est enfoncés dans le tuyau. La lumière de la lampe de poche, que Papá avait à sa ceinture, nous guidait. C'était chaud et humide là-dedans. Sous mes mains glissaient des bêtes molles et gluantes que j'écrasais. Il y avait des rats qui me frôlaient les jambes ou qui s'arrêtaient pour mettre leur museau sur mes fesses et des bestioles qui vrombissaient autour de mes oreilles. L'odeur de l'égout donnait envie de vomir. Le bruit de nos chaussures vibrait sur la paroi de métal.

Devant moi, Mamá ne se plaignait pas. Sa poitrine et son ventre râpaient contre le tuyau. J'avais peur que ses larges épaules ne restent coincées. Elle tirait sa chair lourde et lente, en soufflant et en s'aidant des coudes. Je ne voulais pas la presser. Sa respiration accélérée me rassurait. Mon corps bougeait au rythme du sien. Loin devant, la lueur de la lampe de poche oscillait. Si j'avançais, c'est que Papá progressait. Je pensais à la phrase de Mamita : « Je veux arriver " avec éclat " chez les gringos. » Dégueulasses et puants... Si l'on arrive...

Enfin, on a senti une bouffée d'air frais. La voix de Papá fit un écho de métal : « Encore quelques minutes... » Puis : « Ça y est. »

On a rampé hors du boyau de la terre, les uns après les autres.

Un énorme phare balayait les champs accompagné d'un bruit d'hélicoptère.

« A plat ventre ! »

C'était la voix de notre coyote. Le phare de la police des frontières nous a effleurés, s'est arrêté un instant, puis a continué à raser les champs.

Le coyote regardait sa montre. Soudain il a pris Papá par les épaules, a déboutonné sa chemise et arraché l'enveloppe.

– Avancez à toute allure ! Vous avez trois minutes exactement.

On a traversé un champ, très vite. Je vomissais en courant et suivais les autres au bruit de leur pas.

Sur une route, la camionnette était là.

– Allez ! Montez ! Ne perdez pas de temps.

Papá tirait Mamá. Le coyote m'a empoigné avec Catarina et nous a jetés dans la remorque. Il a mis les pleins phares, puis de la musique. Il roulait très vite en sifflotant.

Il a stoppé dans une petite ville.

– Voilà. Vous y êtes. Je me présente : Super Fuerte y Hombrote. Bon pays, les États-Unis, quand on sait comment ça fonctionne. Moi, j'ai un pied mexicain et un pied américain. Je marche très bien avec ces deux pieds. S'il vous reste quelques pesos, je vous file une adresse. Bonne chance.

Papá déchiffrait l'adresse, mais comme on ne savait pas où on était, que c'était deux heures du matin, et que la lune ne brillait pas très fort, collés contre une maison, on s'est endormis.

Mexico. États-Unis. Mexico.

J'avais pris la main de Catarina et je répétais ces mots comme une berceuse oubliée, du temps où Mamita chantait pour me faire dormir, loin. De l'autre côté de cette frontière où j'avais rampé, tel un vers gluant et puant.

# Chapitre 2

Le coyote avait ratissé les derniers pesos de mon père. Il n'y avait pas de ville sur l'adresse. On était coincé à la frontière.

Papá ne parlait plus de projets.

Mamá n'engueulait personne.

Catarina était sans job. Mais elle s'occupait.

Le matin, elle lavait une robe, l'étirait et la laissait sécher à plat sur quatre pierres. Elle enfilait l'autre et partait en ville.

Elle entrait dans les trois supermarchés, lisait les panneaux de publicité, comparait les prix de la nourriture en changeant les dollars en pesos. C'est surtout ma mère qui s'intéressait aux résultats de ses calculs. Papá réalisait mal qu'il était dans un nouveau pays.

Moi, je me promenais dans les rues avec ma radio dans l'espoir de trouver un objet beau comme l'assiette de Quetzalcóatl, le Serpent-roi. Un objet fait sur la terre ou tombé d'une autre planète, et d'une très grande valeur.

Je n'avais pas envie de jouer au football avec ceux qui, en dehors de la ville, se retrouvaient jour après jour pour taper avec rage et passion dans un ballon blanc et noir un peu dégonflé. Ou pour fumer des bouts de mégots récupérés au Super Bar. Ou pour défoncer les capots des vieilles voitures rouillées qui attendaient d'être repeintes et vendues.

Il fallait se cacher quand les camionnettes vert clair de la *Migra** faisaient des recherches. Les illégaux arrêtés mentaient : leurs papiers avaient été volés...; ils allaient rejoindre de la famille...; ils payaient un homme de loi

* *Migra* : police chargée de surveiller les émigrés.

qui s'occupait du visa temporaire... Les bonnes excuses devaient être vérifiées et, pendant ce temps, les gens restaient des mois sous surveillance avant d'être reconduits à la frontière.

Ne pas se faire prendre était la solution. Papá avait trouvé un repaire. Lorsque la Migra arrivait, on courait se cacher dans la montagne. A la nuit, on revenait dans notre pièce, inquiets, fatigués. Une fois de plus, on avait échappé; on gardait une chance en Amérique.

***

Six mois plus tard, Scott McGregor est venu nous chercher dans un camion rouge avec deux pots d'échappement brillants comme des étoiles filantes dans une nuit d'été.

Il est arrivé avec des coups de Klaxon et un haut-parleur. Il hurlait en espagnol avec un drôle d'accent : « Ceux qui veulent du travail, sautez là-dedans. Si vous êtes en bonne santé, petits, grands, hommes, femmes, sautez là-dedans. Scott vous attend.

Dès qu'on a entendu, on a couru. Un

*job*, cela voulait dire des dollars. Si l'on avançait sur les routes des États-Unis, le projet des parents n'était pas mort. Scott (un grand roux avec un gros ventre, comme celui du coyote, et des bras lourds et poilus) ne s'inquiétait pas si ceux qui grimpaient dans son camion avaient des passeports, des visas, d'où ils venaient, pourquoi ils avaient quitté leur pays. Il était certain d'une chose : tous accepteraient n'importe quel travail pour gagner de l'argent.

Une fois son camion plein, il a repris son haut-parleur et nous a dit :

– Je vous emmène à Oxnard. A quatre cents kilomètres. C'est la saison des fraises. Cette année, ça donne plus que d'habitude. Les ramasseurs ont besoin d'aide. Je ne force personne! Liberté! Liberté! Ici, c'est l'Amérique.

On a dormi dans son camion. Mangé des sandwichs au beurre de cacahuète et bu du Coca-Cola. On n'osait pas vraiment se parler.

Le vent me claquait la peau. Catarina était appuyée contre moi. Mamá serrait autour de ses épaules un bout de tissu à fleurs. Scott avait dans la cabine une pile de chapeaux de paille distribués gratuitement. Le mien était trop grand. Je le pressais sur ma tête. Comme Papá.

Sur l'autoroute, surgissaient des publicités énormes : des paquets de cigarettes grands comme des voitures; des oiseaux sur des bouteilles d'alcool plus hautes que des tours; des filles aux bras et aux jambes immenses, le visage caché sous de grosses lunettes de soleil; un taureau avec des cornes monstrueuses; des maisons près d'un lac, entourées de lettres géantes dont je ne comprenais pas le sens.

*
**

Après avoir traversé une montagne où le camion lançait des paquets de fumée noire, on est arrivé à Oxnard.

Des champs de fraises, aussi loin que l'on pouvait voir, couvraient la plaine des deux côtés de la route.

En dehors de la ville, un terrain vague entouré de murs. A l'intérieur, des dizaines de baraques en rangées.

Scott s'est arrêté.

Il a demandé aux familles de se regrouper, puis a écrit nos noms. Et en

passant devant les baraques, il criait :
– Rodriguez, là. Pérez, là. Guttiérez, là. Sanchez là. Les *beaners**, ça a tous les mêmes noms, tous les mêmes têtes. Ça se ressemble tous. Pas étonnant que la police s'y perde.

Deux marches étroites menaient dans notre baraque. Dedans, c'était sombre : les fenêtres minuscules éclairaient trois pièces étroites et longues, moins grandes que notre appartement de Mexico. La douche serait à peine assez large pour le corps de Mamá. Quatre autres personnes vivaient ici. Dehors, dans des cabanes en fer, les toilettes puaient tout autant que l'égout sous la frontière.

A côté des toilettes, la cuisine : deux grands réchauds avec huit brûleurs.
– Faites attention, dit Scott. Il y a eu un accident l'année dernière. Une illégale a tout fait sauter. Je ne peux pas faire de rapport sur les accidents, moi. Autrement la Migra mettra son nez dans mes affaires.

*
**

* *Beaners* : insulte pour parler des Mexicains, « mangeur de haricots ».

Elle était où la belle maison dont on avait rêvé à Mexico?

Une maison peinte en couleur claire...

Des grandes fenêtres. Des vitres à chaque fenêtre...

Des meubles brillants comme ceux des réclames...

Une cuisine blanche ou jaune avec du papier à fleurs...

Un jardin...

En allant vers le nord, on était loin de Mexico, c'est tout.

Scott nous a dit qu'il n'y avait rien à payer ici. Pas de loyer, pas d'eau, pas de gaz, pas d'électricité. C'était gratuit sauf la nourriture. Tout était retenu à la base sur le salaire pour que personne n'ait de souci.

– Mais s'il y a des batailles au couteau, de la drogue ou des journées de travail perdues à cause de l'alcool, je vous reconduis vite à la frontière. Vous êtes tous des clandestins. C'est moi qui suis responsable. Ceux qui n'aiment pas les conditions de travail, qu'ils se plaignent aux services d'immigration. Bon moyen pour vous faire foutre à la porte du pays! Les beaners, c'est pas ce qui manque; un de perdu, cent de retrouvés. Et maintenant bienvenue à Oxnard. Vous êtes sous la direction de Scott McGregor.

Plus tard, Catarina a fait un budget.

Des bouteilles de Coca, des hamburgers, des chips, des tortillas au maïs ou au blé, des haricots rouges, tout ça, on pourrait se l'acheter facilement.

– Et une maison? avait demandé Mamá.

– Mamita! J'ai aperçu les prix dans un journal... On pourra s'acheter le journal, pas la maison!

*
**

A quatre heures du matin, Scott McGregor est venu avec son camion. Mamá s'était déjà douchée. « Ça frotte la peau et l'âme. »

On était tous prêts en ligne devant les baraques.

Le camion longeait les champs; à perte de vue, des centaines et des centaines de rangées parallèles couvertes de matière plastique pour protéger les fraises de la terre.

Scott nous a fait descendre par

groupe de six. Il nous montrait les cagettes à remplir de fraises pas complètement mûres.
– Et les très mûres ? a demandé Papá.
– Laisse-les pourrir sur place. Elles abîment les autres.

Amenés dans des camionnettes ou venus en voiture, d'autres groupes de ramasseurs s'avançaient vers les champs.

Et on a commencé, courbés, les uns à côté des autres.

C'était la première fois que je travaillais. Je ne savais pas si c'était du travail d'homme... Papá suivait des directives. Je faisais comme mon père. Lui n'avait pas le choix. Moi non plus.

On entendait une musique mexicaine qui provenait d'une radio. Mamita s'est mise à fredonner :

*Tierra de mis recuerdos*
*y mis quereres**...

Chaque ramasseur se murmurait : « Laisse. Ramasse. Ramasse. Laisse.

* *Tierra de mis recuerdos y mis quereres* : Terre de mes souvenirs et de ce que j'ai aimé...

Ramasse. » Pour se reposer, on changeait de position. De courbés, on passait accroupis. Au bout du champ les cagettes s'empilaient huit par huit. De temps en temps, je mangeais une fraise trop mûre, celle qu'il fallait laisser sur place : elle était chaude, juteuse, parfumée.

A midi, on nous a donné un sandwich mou avec de la salade et une viande blanche. Et du lait dans un carton. « Je boirais bien une bière », dit Papá. « La bière, ça fait dormir », répondit quelqu'un à côté de lui.

A la fin de la journée, on avait mal au dos, aux jambes, à la tête. Les mains teintées de rouge. De grosses taches sur nos vêtements. Catarina et moi, on avait ramassé plus de cagettes que les parents. Je l'ai dit à Scott.

– Je ne compte pas le travail à la pièce. C'est contre les lois. Je les respecte. Mais comme tu es mon plus jeune, voilà.

J'ai mis la pièce dans ma poche.

– Si on travaille plus que les autres, ça rapporte, m'a dit Scott. Un jour, tu vas aller dans la classe américaine, hein!

J'ai répondu deux mots d'anglais :

– *Yes, Sir.*

Et je pensais : « Sûrement, j'irai en classe. Et ma sœur aussi. Je ne traînerai pas toute ma vie accroupi à ramasser vos fraises. »

Scott m'a tapoté les cheveux. Il était vraiment immense. Papá lui arrivait en dessous de l'épaule, moi, à la taille.

Papá avait fait la connaissance d'un marchand de chaussures qui surveillait Scott McGregor. « C'est un joli salaud, McGregor. Il refuse d'employer les Mexicains qui sont dans les syndicats et qui font de la politique. Mais les illégaux, ça lui va. Il les paie bien en dessous du salaire minimum. Il ne s'occupe pas de l'avenir des jeunes qui travaillent chez lui. McGregor croit à la liberté de choisir les lois qui l'arrangent. Il glisse les autres sous son oreiller et roupille dessus. »

Pendant quatre mois, on a ramassé des fraises. Puis on a ramassé des melons.

*
**

Il y a eu un baptême dans notre

église. La famille avait préparé un pique-nique dehors. Au dessert, on était tous invités. Sur une immense table s'empilaient des tas de gâteaux mexicains au sucre glacé, du café, des bouteilles de Coca et de citronnade. Pendues au bout d'une corde accrochée sur un arbre, trois *piñatas** que l'on a éventrées. On s'est précipité sur les torrents de bonbons. Les gens ont chanté accompagnés de guitares. Une fête comme à Mexico, ça nous a revigorés.

Le dimanche, Mamá assistait à la messe avec Catarina et moi. Toute l'assemblée était mexicaine. Je me trouvais au calme dans l'église. Je caressais le confessionnal en bois ciré. Lisse, doux, il sentait bon. Le prêtre faisait un sermon, en espagnol, que je n'écoutais pas. J'observais les objets sur l'autel : dorés, éclatants sous la lumière. Au mur, était accroché un tableau de Notre-Dame de Guadalupe, bleu et or. L'église, c'était le seul endroit où je pouvais contempler de

* *Piñata* : assemblage de bois et de papier (en forme de plantes, d'animaux...) rempli de bonbons, de surprises.

belles choses. Pour un temps, elles m'appartenaient.

*
**

Un jour, Scott McGregor a annoncé que le travail était fini. Ceux qui voulaient, partiraient ramasser des haricots verts.

– Bon salaire ou pas, je redémarre, a dit Papá. On met de côté peu à peu.

– C'est pas des dollars que je ramasse, a rouspété Catarina. Mais les ordres des gringos et des ampoules aux doigts.

– Et tu ramasses deux claques de ton père, tout de suite.

Catarina était furieuse. Papá ne la tapait presque jamais.

Et on est repartis.

Avant les haricots, on nous a arrêtés pour les artichauts. Des champs et des champs d'artichauts. Des gigantesques publicités pour les artichauts. Des usines d'empaquetage d'artichauts. Même un restaurant en forme d'artichaut.

Comme il fallait se servir d'un couteau dans le champ, on nous a interdit, à Catarina et à moi, de travailler à cause de la sécurité. Tant mieux.

Pendant les grandes journées libres, Catarina comptait et recomptait l'argent de la famille. Aucune dette.

Moi, j'ai trouvé dans la rue une brosse avec un manche en bois sculpté, un morceau de tasse à rebord doré, avec des fleurs roses et vertes. Je me demandais si elle avait appartenu à quelqu'un du Mexique : un grand-père qui sirotait de l'eau-de-vie disant à sa famille qu'il buvait son café. J'ai protégé le bout de tasse par une boîte en plastique et un papier journal. Les emballages, ce n'est pas ça qui manquait. Il y en avait plein les rues.

Après les artichauts, on a changé encore quatre fois d'endroits pour aller ramasser des légumes et des fruits. On nous transportait en camion d'un champ à l'autre. On nous installait dans une nouvelle baraque. On nous payait. Nous ne pensions pas plus loin.

Papá a failli avoir une bagarre avec un ouvrier saisonnier. Ceux qui viennent

du Mexique et y repartent. C'était dans un bar.
– Les illégaux, vous nous bouffez notre travail. Vous venez ici sans être déclarés. Vous faites baisser les prix de la main-d'œuvre. On est tous mal payés à cause de vous. Vous tuez *La Raza**.
– J'essaie de m'établir ici. J'ai une famille. Fous-moi la paix.

Le type a sorti un couteau :
– Tu t'en souviens de ceux-là ? La Raza peut te la foutre, la paix. Éternelle.

La Raza : ceux qui ont l'espagnol dans le sang.

La Raza, je m'en fichais. Mais des bagarres aux couteaux, j'en ai vu plusieurs à Mexico et dans les camps. Et j'en avais peur. Papá n'a rien répondu. Il est parti. Prudent, il n'aimait pas se battre. Comme moi.

On regardait le soir la chaîne mexicaine n° 52 sur un mauvais poste en couleurs. Il y avait des jeux, des concours de chansons, des films espa-

* *la Raza* : les émigrés mexicains qui souhaitent conserver vivante la pratique de la langue espagnole, leurs traditions, leurs racines, leur identité.

gnols avec des actrices blondes aux yeux verts, tout mélangés avec les spots publicitaires. On voyait apparaître des numéros de téléphone pour acheter des voitures. Des médicaments pour ne pas avoir mal à la tête ou au ventre. Des adresses pour acheter des tapis, des fauteuils, des frigos tout rutilants sous les lumières.

Et qui pouvait s'acheter toutes ces choses ?

Pas nous.

On regardait.

– Le travail, c'est fini, dit un jour le contremaître. Il faudra vous débrouiller tout seuls.

Se débrouiller tout seuls aux États-Unis quand on n'a pas le droit d'y être ? ?

On a profité d'un camion qui descendait vers le sud. Peut-être Scott McGregor aurait à nouveau du travail pour nous. Là-bas, on connaissait Ricardo, le marchand de chaussures.

Mais quand on est arrivés, les champs de fraises avaient été labourés, hersés, ensemencés : des étendues de terre fine sans une herbe, sans cailloux, attendant de nouvelles plantes. Il n'y avait rien à ramasser.

*
**

On a trouvé quatre places dans un hangar, en dehors de la ville. Là, vivaient quarante illégaux, qui, comme nous, sans travail, ne savait pas où aller.
« Personne ne nous ennuie. La Migra ne vient jamais. »

Pour quelques dollars on avait le droit de dormir par terre. Catarina a fait un budget. On pourrait vivre ici pendant un mois et demi. Mais après, nos économies seraient épuisées.

*
**

C'était un dimanche matin.

En sortant de la messe, Mamita avait acheté un gâteau au chocolat et un Seven Up* à la cerise. Elle était devenue très gourmande et encore plus grosse. Elle essayait tout ce qui était crémeux et sucré.

Mamá a mangé la moitié du gâteau et

* Marque de Soda.

croqué les deux roses en sucre. Du bout du doigt, elle a ramassé les paillettes en chocolat tombées sur le carton et, satisfaite, a soupiré :

– C'est bien meilleur que les haricots verts, les artichauts et les fraises.

– Tant mieux si tu te régales. Aujourd'hui, c'est un bon jour, a déclaré Papá. J'ai un plan. Un vrai. Si on continue à travailler tous les quatre, Alfredo et Catarina n'iront jamais en classe. On sera pour toujours des clandestins. Le service de santé ferme les yeux. La police ferme les yeux. La Migra ouvre un œil. Je vais demander un visa.

– Et nous ? a demandé Mamita.

– Ricardo m'a expliqué. Il faut d'abord obtenir le droit de rester ici avec la carte temporaire. Ensuite, je retournerai à Mexico pour récupérer mon visa. Si moi, j'en ai un, vous aurez les vôtres sans problème.

– Très simple..., a crié Mamá. Et qui est-ce qui va payer pour le voyage ?

– Nous.

– Et si on me renvoie avec les enfants ? Et si tu ne peux pas franchir la frontière ? Et si tu ne peux pas nous retrouver ? Et si on te refuse ton visa ?

Parfois, Mamá menaçait de partir : elle était toujours restée. Aujourd'hui, le plan paraissait dangereux pour toute la famille : se séparer.

J'avais attrapé la main de Catarina qui avait pris celle de Mamá. Et ma mère regardait mon père.

Les paroles de Super Fuerte nous revenaient : « Il n'y a qu'une direction pour vous : en avant. »

– Ricardo sait ce qu'il dit, a expliqué Papito pour calmer Mamá. Il appartient à des syndicats. Il connaît les lois d'ici. Il va devenir citoyen américain l'année prochaine. Il chante dans son magasin lorsqu'il n'y a pas de clients.

Mamá a poussé une gueulante bienfaisante :

– IL CHANTE? Il chante!! Et alors? Avec des chansons et ton Ricardo, tu vas nous ramener à Mexico.

– Grâce à Ricardo, je vous apporte l'Amérique, a protesté Papá, sublime.

– Ce projet, ça me redonne du cœur au ventre, m'a murmuré Catarina.

Et moi, par prudence, je n'ai pas demandé : « Quand Papá sera en voyage pour Mexico, qui deviendra le premier homme de la famille... ? »

⁂

Catarina a décidé qu'elle et moi, on apprendrait l'anglais en regardant la télé. On ne connaissait pas de gringos avec qui parler. Ricardo nous a invités chez lui.

On ne comprenait rien, mais on répétait tout. De temps en temps, on devinait un mot.

Catarina avait repéré un programme bilingue : un cours d'anglais avec des images. Là, on suivait bien et on apprenait vite.

Chez nous, Mamá rouspétait :

– Alors, on ne parle plus l'espagnol? L'anglais, dehors. Pas chez moi.

– On habite dans leur pays, Mamita, protestait Catarina.

– On s'est mis à quatre pattes pour ramasser leurs fruits et leurs légumes, ils peuvent apprendre notre langue.

– Pour nous donner des ordres comme McGregor, Mamá?

Mon père aussi trouvait agaçant quand on essayait notre anglais.

– Vous baragouinez comme deux ânes. Hihan..., hihan. (Et il disait cela avec un

accent soi-disant américain...) Parlez comme moi ! C'est au Mexique que vous êtes nés.
– Avec l'anglais, tu serais vraiment fort. Tu l'aurais ta nouvelle vie, insistait Catarina.
– Une vie sans dettes, oui. Mais j'ai une peau de Mexicain, une langue de Mexicain et une âme de Mexicain. Personne ne peut changer ça. J'aime pas les entendre les *anglos*. On dirait qu'ils ont leur beurre de cacahuète qui leur colle la langue.

Et Papito se mettait à chanter de sa plus belle voix :

*Tierra de mis recuerdos y mis quereres*
*Donde viví feliz mi juventud.* *

Il bombait la poitrine : « Écoutez comme c'est beau, beau comme le dieu Quetzalcóatl sur l'assiette du grand-père. »

A la fin du dîner, j'ai dit :
– Sans l'anglais, je n'aurai pas de métier ici.

* ... *Donde viví feliz mi juventud* : ... où jeune, j'ai vécu heureux.

– ENCORE !... Pour ramasser des fraises et des salades, on peut aussi bien être muet. ALFREDO, TU TE TAIS ! C'est pas aux gosses à diriger la maison. C'était comme ça à MEXICO. Ça ne change pas.
– Et l'école ? a dit Papá. C'est pour les gosses qu'on est ici.
Puis Papá a ajouté en réfléchissant :
– Aller à Mexico pour le visa, ça va coûter cher.
– Ils n'ont qu'à te le donner ici, a grogné Mamá.
– Les lois des États-Unis, il faut les suivre, dit Papá. Et Ricardo m'a expliqué que si on est « régulier », on peut obtenir de l'aide pour la nourriture.
Ma mère s'est fâchée comme un coup de tonnerre :
– De L'AIDE, Pablo Pérez ! Moi, je suis venue ici pour avoir du TRAVAIL ! Pas pour recevoir des coups de pied dans le derrière et me faire offrir des hamburgers ! Tu attrapes une cervelle de puce, Pablo Pérez !
J'ai dit :
– Vous mélangez tout...
– Alfredo, tu te tais ! a crié Mamá. Je parle avec ton père.

– Tu t'engueules avec mon père!

J'ai reçu une claque.

La main sur la joue, je pensais : « Ils ont besoin de brailler simplement pour entendre de l'espagnol. »

⁂

Catarina et moi, on avait repéré, sous l'autoroute, un chemin qui menait vers l'océan. L'océan ravigote la peau et l'âme. Sur le sable, on traçait des mots anglais. Dans le vent, on les criait. Catarina me disait que Mamá devenait méchante et qu'elle ne savait plus faire les tortillas. Et j'ajoutais que Papá buvait trop de bière et pensait n'importe comment.

Puis Catarina fermait les yeux. Ma sœur me faisait peur, comme si elle était cachée dans un placard où je ne pouvais pas entrer.

Je m'éloignais, fouillant le sable du pied, dans l'espoir de déterrer un trésor.

Un jour, j'ai parlé à Catarina du morceau de tasse fleurie. Elle m'a dit : « Si tu trouves des objets vraiment rares, moi, je te les vendrai. »

– Regarde ça, Catarina!

J'ai sorti de ma poche une cuillère qui brillait. Je l'avais achetée à l'Armée du Salut. Le manche était décoré d'un ovale entouré de boules minuscules. Au milieu, deux lettres entrelacées.

– Alfredo, m'a dit Catarina, il faut savoir si les objets que tu trouves ont de la valeur ou pas.

– Un jour, oui... Plus tard... Je saurai faire... Mais peut-être cette cuillère...

– Ta cuillère, je parie qu'elle ne vaut rien. Tu peux l'envoyer à la flotte tout de suite. Combien tu l'as payée?

– Très peu...

– De trop..., m'a répondu Catarina.

Catarina me souriait. Elle s'étirait. Elle me tapait sur l'épaule et frottait mes cheveux. Elle ne ressemblait pas aux Mexicaines qui habitaient Oxnard depuis longtemps. Catarina se faisait encore des tresses (les autres filles avaient des grosses boucles de chaque côté de leur front). Elle ne se maquillait pas (les autres avaient des ombres bleues sur leurs paupières, de la poudre rouge et beige sur leurs joues, et des ongles en griffes, couleur de cerise). Catarina avait l'air un peu timide lorsqu'elle passait près d'un garçon. Pas avec moi bien sûr ! Elle ne frôlait jamais une moto de sa hanche maigre et ne s'asseyait pas sur le capot des voitures en montrant ses jambes.

Les Mexicains de mon âge sifflaient les filles, roulaient des épaules, glissaient des remarques douces. Les filles les fixaient et leurs prunelles sombres brillaient. Pour le moment, cela ne m'intéressait pas de chercher, choisir, attirer et récupérer une fille.

Nous, on était des illégaux.

Face à l'océan, on se disait qu'on deviendrait des gringos, qu'on arriverait un jour en Amérique, pour de vrai. L'Amérique ne tombe pas dans la main comme une poignée de cacahuètes dans une machine à sous.

*
**

En cherchant tous, on a trouvé des jobs : Mamá nettoyait l'église. Papá lavait de nuit les toilettes dans des bureaux. Moi, je vidais les boîtes à ordures d'un restaurant et je frottais par terre. Catarina avait le meilleur job : elle faisait du ménage sur des bateaux de plaisance. Les économies pour le voyage de Papá s'accumulaient.

*
**

Mon père a fait le trajet huit fois jusqu'à Los Angeles pour obtenir le droit de résidence pendant qu'il demandait un visa. Il a expliqué son cas devant douze employés du service de l'immigration qui parlaient assez d'espagnol pour lui dire de faire la queue au bureau d'à côté.

Docile, il s'est baladé dans les couloirs, d'un étage à l'autre, d'un bâtiment à l'autre. Il n'allait pas l'abandonner, son plan.

Puis un jour, Ricardo, le marchand de chaussures, lui a déclaré :

– Assez attendu. Je vais signer des papiers comme quoi vous êtes de ma famille. Ça fera avancer pour le visa. Elle est immense ma famille ! J'ai fait le même coup pour des dizaines de personnes. Si Scott McGregor sait jongler avec les lois, moi aussi.

Mamá a dit, triomphante : « La bière de ton Ricardo, ça le fait pas dormir !... »

Puis soudain, elle a pleuré.
– Au Mexique, les gens chantaient dans la rue, pour les fêtes. Les voisins se parlaient. Et j'avais mon église.
– Le « cousin » Ricardo vient de nous aider. Et il chante..., a répondu Papá.
– Moins joyeusement que s'il était à Mexico...
– Les gens parlent...
– Pas des voisins que je connaissais...
– Assez, Elvira ! Tu oublies où tu es.
– Ici, Pablo ! En Amérique ! Je sais où je suis.
– Plus de larmes, Elvira. J'aime mieux quand tu pousses tes gueulantes.

La lettre est partie pour le consulat des États-Unis à Mexico.

On a attendu.

*
**

Scott McGregor a frappé aux portes des baraques, des hangars. Il cherchait des ramasseurs pour l'an prochain.

Papá lui a parlé du visa. Scott s'est mis à crier :
– Je n'embauche pas de réguliers, nom de Dieu ! Les syndicats, les lois du gouvernement, ça fout tout en l'air. Pérez,

si tu te fais légaliser, tu perds ton boulot chez moi. Compris ? Tu as du travail en ce moment ?

– Un petit boulot. Je nettoie des toilettes. Et toute la famille a un job. On économise pour mon voyage.

– De la crotte, ton job. Je te payais mieux, j'en suis sûr. Laisse tomber le visa. Je te donne du travail. Et puis si tu décides un jour de retourner au Mexique, c'est facile. Illégal, personne ne te retiendra ici.

Mamá, bien aimable, s'est débarrassée de Scott.

– On saura se débrouiller, Mr. McGregor. Liberté aux États-Unis. C'est vous qui l'avez dit. Merci.

*
**

– Chaque année, dit McGregor, ils acceptent 290 000 personnes. Pérez, tu es dans le lot. On t'a vérifié. Pas de problèmes de prison, tu es en bonne santé physique et mentale. Tu as cherché du travail. Tu as de la famille qui réside aux États-Unis. Ton visa sera prêt.

Papá est parti au Mexique en bus.

On a doublé nos heures de travail : à son retour, le voyage serait déjà remboursé.

Et ma collection grandissait.

J'avais trouvé une médaille en forme de cœur avec, au centre, un diamant. Elle s'ouvrait. Sous une plaquette de verre, le portrait d'un garçon blond, bouclé, aux yeux bleus, souriait. J'étais sûr, absolument sûr que c'était une trouvaille : de l'or et un diamant! Une fortune. Je l'avais mise dans ma poche. Le soir, je la regardais. La nuit, j'en rêvais : elle brillait comme un soleil. Pendant que je nettoyais le restaurant, je la sortais de ma poche, et je la faisais miroiter dans le creux de ma main. A l'église, je comparais son éclat avec celui du ciboire. Dans mon lit, je la pressais contre ma joue pour en sentir le contour. Mais il faudrait la vendre. On avait besoin d'argent.

Je l'ai montrée à Catarina pour lui demander ce que je devais faire. « C'est sûrement pas de l'or et sûrement pas un diamant. Et ça vaut rien. »

– J'irai demander au marchand de bijoux.

– Rien... j'ai marmonné le soir à Catarina.

– Exactement ce que j'avais prévu, Alfredo.

Le marchand a dit : « C'est une bonne photo miniature d'un joli garçon. La fille qui l'a perdue doit le regretter. Quoique de nos jours... Un cœur perdu, trois de retrouvés. »

Je me suis réfugié dans le hangar, à plat ventre sur mon matelas. Et j'ai pleuré. Catarina s'est assise à côté de moi :

– Alfredo, un jour tu la trouveras ta chose rare. Mais il en faudra plus d'une pour monter un business!... Ta médaille, on l'appellera *El Corazón de la Esperanza**. Tu veux bien? Dis, tu veux bien?

Oui, je voulais bien.

Je ne ramasserai pas des ordures dans des restaurants et je ne donnerai pas des coups de chiffon sur des tables toute ma vie.

⁂

* *El Corazón de la Esperanza* : le Cœur de l'Espérance.

On attendait le retour de Papá.

Mamá avait acheté à L'Armée du Salut une chemise de nuit rose avec de la dentelle sur les poignets et autour du cou. Elle la protégeait dans un papier. Elle la sortait en cachette le matin après sa douche. La posait sur sa joue, l'ajustait contre son corps, la caressait d'un doigt et la repliait avec soin.

*
**

Quand Papá est descendu du bus, il se taisait. Il marchait à côté de nous en bombant la poitrine et en ajustant son chapeau. Puis tout d'un coup, il nous a serrés dans ses bras et il s'est mis à parler très vite, sans s'arrêter :

– ... et j'ai franchi la frontière sans histoire. En plein jour. Sur la route. Pas en rat qui rôde dans les égouts. Pas en illégal. En futur citoyen. Il n'y avait pas de Migra à craindre. Rien à demander aux coyotes. Et je n'ai même pas eu à payer le billet de retour.

– Tu as emprunté? a demandé Mamá aussitôt.

– J'ai emprunté... à ta sœur, figure-toi. Depuis que je n'entretiens plus sa famille, elle se débrouille. Je n'ai pas compris ce qu'elle fait. Mais c'est la vie large maintenant. Les enfants vont en classe. Ta sœur était habillée comme une princesse. Son mari n'est plus avec elle.

– Plus avec elle? s'est écriée Mamá.

– Non. Le beau-frère a quitté Mexico. Ta sœur m'a proposé de payer le bus de retour. « Je vous dois tellement... Vous me rembourserez un jour. »

Papá a sorti son visa. Sur la photo, on le reconnaissait à peine. Il avait les cheveux gominés. Il portait une chemise blanche et une cravate. Et il regardait droit devant lui, les yeux ouverts comme s'il ne pouvait jamais les fermer.

Mamá a embrassé Papá sur la bouche longuement, devant nous. Ce qu'elle ne fait jamais. Papito nous a pris tous les deux par les épaules, ce qu'il fait rarement. Les gens dans le hangar étaient sortis pour nous laisser tranquilles. Le retour de Papá, avec son visa, était une bonne victoire pour ceux qui étaient encore des clandestins.

*
**

Scott McGregor est revenu nous voir. « Plus de déduction sur le salaire. Prime de travail. Télévision neuve. » Papá a dit oui. Je m'étais mis à détester les fraises.

Dans les baraques, il y avait deux groupes d'illégaux qui élevaient des coqs pour les combats. Il paraît que c'est interdit en Amérique.

– On s'en fout, disaient-ils. Nous aussi, on est interdits.

– Et on aura tous des histoires à cause de vous, avait grondé Mamá. Mes gosses et moi, on attend les visas depuis des semaines. Vous voulez qu'on se fasse déporter, hein?

Papá était ravi de ces combats de coqs. Il ferait des paris et bâtirait une fortune.

– Les paris, ça se GAGNE et ça se PERD! tonnait Mamita. Tes combats de coqs vont nous apporter des combats de misère. Si tu y vas, j'interdis aux enfants de te donner l'argent de leur travail.

Mais Papá n'écoutait rien.

Ils avaient construit une barrière autour d'un terrain aplani, bien caché. Les parieurs se mettaient en cercle. Les deux joueurs étaient dans l'enclos, serrant contre eux la touffe de plumes rouges et vertes. Ils glissaient les couteaux d'acier sur les pattes des coqs, et, au coup de sifflet de l'arbitre, ils lâchaient les bêtes qui, en quelques secondes, s'arrachaient les plumes, se lacéraient la peau, se crevaient les yeux de leurs becs. Le coq qui bougeait encore au dernier coup de sifflet était déclaré vainqueur. Et aussitôt dans l'assistance, on échangeait des dollars.

Papá y est allé trois fois. A sa tête, on voyait qu'il avait perdu. Mamá rageait.

– Tu y retournes, je déchire le visa! C'est ça que tu veux, hein? Des sacs et des sacs d'ennuis, de la cochonnerie de dettes, de la saloperie de pauvres pour toujours? Tu construis des projets et tu les déglingues. Tu rêves beau et loin et tu me fais vivre avec des cauchemars. Pablo, il faudra choisir entre les combats de coqs et Elvira!

En trois dimanches, Papito avait perdu deux semaines de salaire.

Catarina et moi, on ne voulait pas entendre cette dispute. On est allés sur la plage.

J'ai demandé :

– Pourquoi Papá invente des choses qui ratent ?

Catarina m'a répondu :

– Il vaut mieux inventer des choses qui ratent que rester collés sur un rocher comme ces moules. Tu cherches tes trucs par terre, c'est parce que tu as une idée, non ?

– Et toi, tu as des idées, Catarina ?

– Et comment ! Je sais faire des petits budgets, j'en ferai des grands. Tu as vu les Mexicaines de la télévision ? Elles ne se mettent pas accroupies pour ramasser des fraises; elles ne respirent pas des saloperies d'insecticides du matin au soir; et elles ne s'agenouillent pas pour nettoyer des bateaux.

– C'est toi qui es comme Papá, Catarina.

– Mais, toi, Alfredo ? Toi ? Tu veux jeter des balayures toute ta vie, dans des poubelles, dans des grosses boîtes d'ordures, dans des bennes d'ordures, dans des camions d'ordures ? Belle vie !... Si c'est ça que tu veux, dépatouille-toi. Tes choses rares, hein, qu'est-ce que ça veut dire ?

Ma vie était loin de mes rêves, il valait mieux se taire.

Catarina, furieuse, s'est levée, m'a tiré la langue. Elle a couru dans les vagues. Quand elle est revenue vers moi, elle frissonnait et claquait des dents. « On rentre, Alfredo Fuerte y Hombrote. »

Je marchais derrière elle. Catarina me faisait un peu peur. Comme Mamá.

*
**

Mamita a eu son visa la première.

Et puis Catarina et moi.

Le premier résultat, c'est que Scott McGregor a gueulé chez nous, un soir, à dix heures :

– Tu veux devenir américain, Pablo Pérez? Finis les jobs. Tu te démerdes seul. Avec des clandestins, on s'arrange. Les réguliers, ça brouille les prix. Moi, j'y crois à la liberté. Tu déguerpis dans les huit jours. Vous autres sangsues, vous savez les obtenir les bons d'alimentation gratuits, les soins pour vos gosses aux frais des villes et les prêts pour la bagnole et l'appartement. Si tu veux foutre le camp dans deux jours au lieu de huit, tu me feras plaisir.

Mon père écoutait en silence, moi

j'entendais le tonnerre dans sa tête.

Ma mère s'était mise à prier. Pour lui faire plaisir, Catarina s'était agenouillée aussi. Mais elle savait bien comme moi et comme Mamita, sans doute, que ce n'était ni Jésus ni la Vierge de Guadalupe qui trouverait une solution.

*
**

Ricardo a mis une annonce dans son magasin : FAMILLE DE QUATRE PERSONNES CHERCHE LOGEMENT ET TRAVAIL. Il a suggéré que ma mère fasse la même chose à l'église et mon père à l'épicerie.

– On se serre les coudes. Et c'est ça qui fait peur aux gringos-chacun-pour-soi. Ils nous renverraient bien. Raté maintenant, on est trop nombreux, et ils ne peuvent plus se passer de nous.

Un Señor Díaz a donné l'adresse de son cousin, pâtissier, qui accueillait des gens en transit. Il demandait un petit loyer pour ceux qui pouvaient payer. Aux autres, il faisait crédit.

– Mais maintenant, *English*. Seulement *English*, mon brave Pérez.

– Silence sur le crédit, Alfredo, m'a susurré Papá. Gare aux engueulades...

*
**

On a plié nos couvertures. J'ai rangé dans un sac en plastique mes choses pas rares. Mamá a fait des signes de croix. Papá est allé dire au revoir aux gens des combats de coqs. Catarina a annoncé : « Et après les billets de bus, il reste... à trouver du travail tout de suite. »

# Chapitre 3

Dans le bus, j'essayais de lire les titres d'un journal.

L'école. Bientôt, quelque chose allait changer dans ma vie et je serais très loin de mes parents.

Comme si Mamita avait deviné ce que je pensais, elle a posé sa main sur ma joue.

– Alfredo, tu ne m'oublieras jamais, dis ?

Sa question m'agaçait. J'ai dégagé ma tête.

*
**

On est arrivé à la station de bus au centre de Santa Barbara, notre nouvelle ville.

Deux Mexicains, assis, attendaient. Ils portaient des pantalons blancs serrés, des lunettes de soleil avec des montures noires et rouges et des chemises blanches ouvertes jusqu'au milieu de la poitrine. Papá et Mamá étaient plutôt sales. Des marbrures grises couvraient la robe de Catarina. Moi, j'avais un short beige taché, une chemise avec des trous et seulement deux boutons.

On se serrait les uns près des autres. Étrangers. Mal à l'aise. On leur a demandé où était 441 *Alison Street**. Chez Leonardo Ruiz.

Eux ont souri en nous voyant. Ils nous ont dessiné le parcours sur un sac en papier. Catarina a tout de suite compris où ça se trouvait.

*
**

Le pâtissier, Leonardo Ruiz, cousin du Señor Díaz, nous a chaleureusement accueillis. « Vous êtes la quinzième

* *Alison Street* : rue Alison.

famille qui passez par ici. Elles s'en sont toutes tirées. Vous aussi, vous réussirez. Mon adresse porte bonheur ! »

Il habitait dans une maison à la façade peinte en jaune et blanc. Un jardin fleuri. Sur le porche, une table et quatre chaises en fer. Accrochée à la porte, une vieille couronne de Noël décorée de perles rouges et vertes avec un oiseau bleu au bec d'or.

L'arrière de la maison n'avait jamais été refait. La peinture était écaillée. Des gouttières pendaient, rouillées. Du carton et des sacs en plastique remplaçaient les carreaux cassés (comme dans notre quartier de Mexico). Des pneus, des vélos à réparer, des serviettes-éponges durcies et sales, des bouteilles, des boîtes en carton pleines de bouts de ficelle et de capsules de Coca, et du bois de chauffage s'entassaient. Dans l'allée qui menait au garage, il y avait deux voitures : l'une avec trois pneus crevés, l'autre, bleu et blanc, immense, brillante, avec l'aile avant défoncée.

Leonardo partageait sa maison en ce moment avec une autre famille de trois enfants. Comme nous, ils payaient ce qu'ils pouvaient au Señor Ruiz. Comme nous, ils n'avaient pas de travail, mais ils en cherchaient. Comme nous, ils avaient des visas. Et comme nous, ils venaient de Mexico.

On s'est installés dans un coin par terre sur une moquette épaisse, confortable comme un lit. La femme de Leonardo, Angelina, nous a invités à venir manger avec sa famille une purée de haricots dans des tortillas, des côtes de porc, de la salade avec des céleris et des champignons, de la glace au chocolat et aux amandes. C'était fameux. Je regardais Catarina en roulant les yeux et en me léchant les lèvres. Je devais faire une drôle de tête car elle a éclaté de rire. Señor Ruiz, surpris, nous a regardés. J'ai rongé l'os de ma côte de porc en louchant.

Mamá n'était pas très à l'aise après ce dîner. Elle a murmuré à l'oreille de Papá.
– Attention aux dépenses. Je ne veux pas d'aumône.
– On va payer le loyer, et un supplément lorsque Leonardo nous aura trouvé un travail. Tu achèteras la nour-

riture et tu cuisineras pour nous. On ne quémande rien.

– Et il est où l'argent pour tout ça? a demandé Mamá.

Papá lui a tourné le dos, en fixant sur le mur une tache brune.

– Il est où l'argent pour payer Leonardo Ruiz? a redemandé ma mère en lui donnant une tape.

– On travaillera. On remboursera, a dit Papá d'une voix très basse. Plus jamais de dettes. C'est promis.

Mamá a emmené Papá dehors. Elle ne voulait pas que toute la maison soit témoin de cette vieille, vieille dispute qui datait de Mexico.

Catarina m'a chuchoté :

– Papito a raison. Accepter un coup de main, ce n'est pas faire des dettes pour l'éternité. A Santa Barbara, on recommence une nouvelle vie.

Papá et Mamá sont rentrés dans la maison. Je savais quand ils étaient fâchés : Papá marchait derrière, la tête baissée; Mamá, la tête droite, avec sa grosse poitrine en avant.

Le premier jour, j'ai pris une douche longue comme une pluie d'été. Angelina m'a dit :

– Deux minutes, pas plus. Il y a du monde dans cette maison. A Mexico, tu ne t'amusais pas avec l'eau ? Ici, c'est la même chose.

– Dans votre maison, pas de cafards. Et les toilettes sont à l'intérieur. C'est super bien.

Mamá avait dit : « Quand on va dehors, personne n'entend rien et ne sent rien. »

Mon petit mot aimable lui a fait oublier ma douche trop longue et la remarque de Mamá.

*
**

Leonardo et sa femme avaient cinq enfants qui parlaient tous l'anglais.

Les deux garçons de l'âge de Catarina portaient, même la nuit, des casquettes rouges avec des noms de joueurs de base-ball. Dès la première goutte de café du petit déjeuner, ils se répétaient les résultats des matchs. Ils avaient des énormes baskets de couleur. Ils regardaient tous les sports de la télé. Ils faisaient du patin à roulettes avec un baladeur sur les oreilles tout en buvant des sodas.

Les deux filles comparaient les prix des vêtements dans les grands magasins, et les marques de voiture; elles faisaient des ragots sur leurs copains, et papotaient sur les animateurs de jeux télévisés, sur leur sourire, leurs dents, leur pantalon et leur coiffure. Elles ne regardaient jamais la chaîne de télé espagnole. Si leurs parents demandaient un tour de télé espagnole, elles criaient : « É-tats-U-nis! É-tats-U-nis! » Et les parents se taisaient. Elles se lavaient les cheveux deux fois par jour et les tripotaient pendant des heures pour se faire des boucles.

L'aîné de dix-huit ans ne parlait à personne, mangeait tout seul dans le garage en lisant : il suivait des cours de psychologie dans le collège de la ville.

Pour les Ruiz, on était de braves gens pauvres. Il fallait être gentil avec nous parce qu'on venait du vieux pays.

***

Angelina Ruiz faisait le ménage dans trois banques. Elle travaillait de une heure à huit heures du matin. Elle partait avec la voiture, en essayant de ne réveiller personne. Mais la vieille grosse Chevrolet, brillante, fumante et cabossée, faisait un bruit de tremblement de terre, auquel on s'habituait.

Angelina était très courageuse, jamais fatiguée, pleine de bonne humeur.

– Aux États-Unis, il faut apprendre où trouver le travail, dit Angelina à Mamá. Et on peut vivre. A Mexico, on avait la misère, pour toujours. Regardez Leonardo : il a son magasin. Tous mes gosses vont en classe. Ils parlent l'anglais. La famille Leonardo Ruiz fait honneur à La Raza. On habite ici. On travaille ici. Notre *alma** est au Mexique, bien sûr. Même si les enfants sont devenus des éponges de l'Amérique...

Dans les banques où elle nettoyait pendant la nuit, Angelina ne voyait personne. Mais elle faisait un si bon travail qu'elle trouvait parfois sur un téléphone, sur un bureau, une note de remerciements, un petit cadeau. Elle laissait aussi des notes : j'ai nettoyé derrière l'ordinateur. J'ai fait très attention. Bon week-end. Passez une bonne journée.

* *Alma* : âme.

Angelina a dit qu'elle s'occuperait du job de Papá. Elle l'avait fait pour d'autres. « Avec leur manie des gazons et des jardins dans un pays sec, ils ont toujours besoin de jardiniers en Californie !... »

Ça a marché.

*
**

Mon père est allé voir Mr. Yotokawa, un spécialiste des jardins de *Montecito,* le quartier le plus riche de la ville. Là, aucune personne noire ou mexicaine ne se montrait, sauf les jardiniers ou les femmes de ménage.

Mr. Yotokawa cherchait des employés. Quand il était jeune, il poussait une tondeuse, taillait les arbres, ratissait les feuilles.

– Mais c'est fini, maintenant, a-t-il dit à Papá. J'ai mon business. On me connaît. Vous autres, Mexicains, vous êtes bons, très bons, pourvu qu'on vous donne des ordres précis et qu'on vous botte les fesses.

Mon père était resté silencieux face à l'insulte : il lui fallait du travail. Papá n'avait jamais été jardinier. En fait, il ne connaissait rien aux fleurs, aux plantes, aux arbres, ni au gazon. Les gazons de notre quartier étaient secs, mal coupés, et avec des crottes de chien partout. On essayait bien de faire pousser de l'herbe. Pour nous, le gazon, c'était le signe de ce nouveau pays où nous serions bientôt semblables aux gringos.

Là-bas, où je suis né, notre rue était en béton cassé, les maisons n'avaient pas de jardins. Tout était boueux à la saison des pluies. Poussiéreux le reste du temps. Faire pousser de la verdure pour gagner sa vie n'avait heureusement jamais été un projet de Papá.

Presque partout dans la ville, en plus grand dans Montecito, chaque maison s'ornait d'une pelouse luisante comme un tapis en soie verte, de massifs de fleurs, d'arbustes taillés, de groupes d'arbres s'harmonisant par leur hauteur et les tons de leur feuillage. Des quantités de jardiniers les entretenaient.

Mon père a appris comme les autres. Au début il revenait découragé. Mr. Yotokawa l'engueulait parce qu'il travaillait trop lentement, parce qu'il maniait de travers le soufflant pour rassembler les feuilles, parce qu'il ne traçait pas des lignes droites au pourtour des gazons, parce qu'il laissait une crête d'herbe mal tondue. Mon père écoutait les conseils. Mais il avait de la peine à faire des actions précises. L'opposé de Catarina.

– Je ne comprends pas, disait-il à Mamá, pourquoi les gringos s'enragent sur leur verdure. Planter. Arroser. Tailler. Dans un pays aussi sec, ils devraient mettre des gazons et des arbres en plastique s'ils veulent du vert parfait. Et ils jettent les fruits qu'ils font pousser!

– Pablo, répondit Mamá, ce que font les gringos, on s'en fiche. Ils te paient, Leonardo et Angelina sont bien installés. Nous aussi on y arrivera.

Mr. Yotokawa parlait l'espagnol. Papá comprenait mal son accent japonais. Assez pour reconnaître les insultes.

– Vous autres, Mexicains, vous sortez du tunnel, de la rivière ou des trous de grillage. Et vous arrivez en Amérique pour tendre la main. Après, vous vous plaignez. Moi, je ne demande rien. J'ai six Mexicains à moi. Sept avec Pérez. Je veux doubler mon personnel et mon matériel. Société Yotokawa, jardinerie efficace.

*
**

On faisait la lessive dans une laverie sur Milpas Street, pas très loin de la pâtisserie de Leonardo. Il se reconnaissait vite, son magasin : il était peint en rose. FELIX, EL GATO FELIZ *. Sur la porte, un immense chat noir debout portait une pièce montée avec des grosses cerises. Des baskets ornées de rubans verts chaussaient ses pattes.

Avec deux lave-linge, tout le monde était propre en une heure. Quelquefois, Papá venait. On apportait ma radio. On s'achetait une bouteille de jus de fruits dans l'épicerie, ouverte vingt-quatre heures sur vingt-quatre. On se passait le jus d'orange ou d'ananas. Mamá suçait une tablette de chocolat et écoutait de la musique en regardant le linge qui se lavait. Mamá n'osait pas dire que ça la rendait très heureuse : sa famille lui tenait compagnie pendant que le linge tournait, se frottait, se rinçait, s'essorait, se séchait. Tout seul. Elle n'avait jamais connu ça.

* FELIX, EL GATO FELIZ : Félix, le chat heureux.

FELIX
EL
GATO
FELIZ
GLASSW
CH

– Si je lavais à la main, ça ferait des économies, disait Mamá en s'excusant.
– Ne vous inquiétez pas, répondait Angelina. Faites confiance aux machines. Profitez-en. Vous êtes en Amérique. La vie est moins pénible.

*
**

Comme j'avais trop de temps libre, je lisais en anglais avec Catarina. Mais elle m'intimidait. Elle comprenait et retenait si vite que ma tête devenait idiote. Tout se brouillait et j'oubliais ce que je savais. Elle n'avait besoin de personne pour apprendre, on aurait dit. Sa seule aide : le programme bilingue du samedi. Elle lisait les revues des filles de la maison, des journaux de la laverie. Sur des bouts de papier, elle écrivait les phrases nouvelles. Elle s'en souvenait.

Je fouillais dans les mots avec des *y*, des *w*, des *th*, des *z*. De temps en temps, j'en trouvais un qui avait du sens. Je mettais le doigt dessus. Je le murmurais. Puis je le disais très fort. Je cueillais des mots d'anglais comme j'avais cueilli des fraises : celles qui étaient mûres, juteuses, je les mangeais.

Rafaelo, un des fils de Leonardo, allait dans une classe où l'on parlait espagnol et anglais.

– Te fais pas de bile, Alfredo, personne t'oblige à rien ici. Si tu veux parler seulement espagnol, vas-y. Si tu veux bosser dur en anglais, le prof te laisse faire. Si tu veux rien apprendre, tu te reposes. Les gringos aiment autant qu'on reste mexicains. Où on t'emmerdera, c'est pour la drogue. Si tu te fais pincer, t'es foutu à la porte.

Catarina pensait comme moi : on étudierait. Beaucoup. En anglais. Quant à la drogue, j'avais vu des jeunes qui fumaient de la marijuana, et qui prenaient de la colle. Ils avaient l'air abruti ou ils hurlaient sans raison. Moi, ça ne m'intéressait pas. Du tout.

***

Sur la plage, j'ai ramassé près d'une boîte à ordures un porte-cigarettes décoré d'un bouquet rose et mauve. Dans le sable, un bracelet qui brillait comme de l'or, mais depuis ma médaille El Corazón de la Esperanza, je me méfiais de l'or.

Face à l'océan, j'ai compris mon métier : trieur d'objets, récupérateur d'objets qui pourraient disparaître.

J'ai marché jusqu'au parc avec l'étang. Des poissons rouges et jaunes se cachaient sous les grosses feuilles rondes des nénuphars. Près d'un arbre en fleur, un banc. Là, j'ai pensé longtemps à mon choix. Puis je me suis endormi en rêvant à une caverne scintillante bourrée d'objets rares.

Ma mère était furieuse de me voir rentrer à la tombée de la nuit.

– Tu étais dans Ortega Park? Il y a des gens dangereux qui vendent et achètent de la drogue. Ils échangent des coups de couteau. N'y va pas tout seul. Leonardo m'a recommandé d'éviter ce parc. Surtout le soir. Alors, tu étais où?

– Pas dans Ortega Park, Mamá. Un jour, je t'achèterai tout ce que tu veux au meilleur prix. Mais si tu veux un trésor, je te le trouverai. Je vais apprendre à trier les belles choses et la camelote. Ce sera mon métier.

– Des affaires? Des ventes? Comme ton père? Vous aimez bien la misère tous les deux. Vous l'avez dans la peau. Vous en avez besoin pour respirer. Pas moi, Alfredo ! Pas moi ! Des beaux projets qui ratent ? Tu ne pourrais pas aimer la vie tranquille ? Juste assez pour dormir et manger. Quelques économies pour regarder en paix une télévision qui marche. Ça ne te va pas ? Dis, Alfredo ? Je croyais que tu ne l'attraperais pas la maladie de ton père. Va en classe, et ne cherche pas plus loin.

– Catarina l'a aussi la maladie de Papá. A mon âge, Papá qu'est-ce qu'il faisait ?

– Il aidait sur une plantation, rêvant de trôner dans une ville grande comme Mexico. Tu vas être comme ton père, Alfredo ! Tu marchanderas des douzaines de cuillères, sans avoir de quoi acheter des haricots. Tu chercheras des fauteuils, sans avoir une maison. Tu vendras tes choses rares sans les avoir trouvées. Tout à l'envers, Alfredo, comme Papá.

***

Le samedi et le dimanche, je n'aimais pas rester dans la maison de Leonardo

Ruiz. Tout le monde était là. Content. Riant. Ça m'agaçait.

Je partais dans la ville. Seul.

Devant beaucoup de maisons, il y avait un panneau : VENTE *.

Sur les gazons, des tas de choses empilées : des vêtements, des couverts, des pots, des livres, des vases, des meubles, des jouets dont des familles se débarrassent en se faisant quelques dollars. Dans la camelote, je voyais une assiette, une petite chaise, une lampe, jolie, étrange. Sans savoir d'où elles venaient, ce qu'elles valaient, je reconnaissais d'un coup d'œil qu'elles étaient différentes du reste. Quelqu'un les avait taillées, travaillées avec affection, sculptées, polies, aimées, peintes, cuites avec soin. Elles me plaisaient. Je voulais les toucher, les posséder, savoir combien elles valaient. Les gens s'arrêtaient, farfouillaient. Moi aussi.

Puis, je marchais vite dans les rues, en sifflant. Mon plan réussirait. Mieux que ceux de Papá.

* VENTE : mini-marché aux puces que les gens organisent chez eux, pour se débarrasser des objets dont ils ne veulent plus.

*
**

Papá travaillait, apportait de l'argent à la maison. On payait le loyer de Leonardo, plus un demi pour cent du salaire, parce que Angelina avait trouvé le job. C'était dans nos accords.

Le samedi, Papá buvait de la bière et regardait, sans comprendre, la télévision américaine. Il ne pensait plus au futur, comme si son métier était le plus beau possible. Comme si Mr. Yotokawa était le patron idéal. Il mangeait les tortillas de Mamá. Ça lui suffisait.

Il ne parlait pas de l'école. Il s'était acheté des vêtements à L'Armée du Salut. Il était propre. Il se rasait tous les jours. Il mangeait à sa faim. Il avait des canettes de bière fraîche.

Et lorsque je lui ai parlé des *Ventes,* il m'a dit : « Alfredo, tu te débrouilles maintenant. Si tu as des idées, tant mieux. Je suis ici, je ne bouge plus. Demande à ta sœur d'établir un budget pour louer un appartement. Mamá l'organisera. »

Je pensais : « Le premier homme de la famille ne sait plus se débrouiller seul. Il suit des ordres. »

Catarina, inlassable, avait annoncé le résultat de ses calculs précis : jamais on arriverait à louer une maison si Mamá ne travaillait pas.

*
**

Mamá faisait les courses avec Isabel, qui habitait à côté de chez nous.

Pour Isabel, La Raza devait s'entraider pour aimer la vie. « Les Américains, c'est chacun pour soi, disait Isabel. La maison super-équipée, la voiture, le gazon et le compte en banque. Il n'y a que ça qui les intéresse. La Raza pense autrement. »

Isabel lisait en espagnol et en anglais. Chez elle, il y avait des livres au-dessus de la télé, dans sa chambre et sur la table qui servait de bureau à ses enfants. « Il faut se souvenir d'où on vient. Il faut comprendre où on est. Il faut prévoir où on va. »

Elle trouvait que les enfants de Leonardo et d'Angelina devenaient des anglos, qu'ils oubliaient leurs racines.

Isabel travaillait avec le directeur d'une école pour aider les élèves immigrants. Elle avait créé un groupe de femmes mexicaines pour lutter contre la drogue. Et elle avait organisé des cours sur l'hygiène pour les bébés.

Moi, j'aimais bien écouter Isabel, même si elle parlait très vite et beaucoup; et même si je ne me sentais pas très proche de La Raza.

En plus de toutes ses occupations, Isabel avait le temps de faire les courses avec ma mère.

Mamá avait fait la connaissance d'Isabel dans la laverie. Isabel lui avait dit de ne pas acheter cette poudre. « En Amérique, si vous avez vu le nom d'un produit à la télévision, ne l'achetez jamais! C'est le double. Je vous montrerai pour les courses. »

Elle avait proposé à Mamá d'aller au grand magasin *Safeway*.

– Là, vous trouverez tout ce qu'il faut pour la cuisine. Ils ont des rayons pour nous. Ils ont vu qu'on ne pouvait plus ignorer la population mexicaine. Vous trouverez des tripes et du cœur de bœuf.

Isabel venait chercher Mamá dans sa vieille Chrysler noir et blanc, immense, qui faisait trente-cinq litres au cent et qui fumait.

Moi, je pensais en voyant cette voiture : « Isabel est très fière d'avoir une voiture de gringo, même si elle répète qu'elle ne deviendra jamais américaine, que toute sa famille restera mexicaine, fidèle à La Raza. »
– Et je conduis sur les autoroutes ! Mon mari, ça lui fait peur. Il se sent prisonnier entre deux murs de béton. Moi, pas. Je vais jusqu'à Los Angeles voir mes cousins pour les fêtes, les baptêmes. Là où ils habitent, c'est Mexico en Amérique. Et Angelina fait des ménages depuis neuf ans. Elle vous trouvera des maisons. Quand on a attrapé un gringo, on en a dix. C'est comme des éléphants de cirque qui se tiendraient par la queue. Ils aiment bien nous avoir pour leur travail, mais ils veulent connaître leur bonne, leur technicienne de la maison, comme ils disent pour nous faire plaisir.
– Isabel, les gringos se débrouillent tout seuls.
– Nous, on s'entraide ! C'est mieux !
« Mon travail, je le trouverai. »

Mamita s'est débrouillée pour mettre une annonce dans le journal de la ville.

Ça a coûté très cher, cette annonce, et ça n'a servi à rien : comme un appel dans une ville peuplée de sourds.

– Mon père gagne bien, pas assez pour qu'on loue une maison, a expliqué Catarina à Angelina. Alfredo et moi, on pourrait faire du baby-sitting ou promener des chiens, mais ça ne rapporterait pas beaucoup. Aidez-nous encore une fois. Votre mari l'a dit : votre adresse porte bonheur.

– Je m'en occupe, a répondu Angelina. Et dis à ta mère qu'à faire la timide, elle n'ira nulle part. C'est elle qui aurait dû me demander ça.

De nouveau, Angelina a mis des notes dans les bureaux : « Je recommande une femme de ménage exceptionnelle. Angelina Ruiz. »

Ça a marché.

*
**

Mamá nettoyait deux maisons à Montecito, dans le même quartier super-riche où Papá faisait les jardins.

Dans cette partie de la ville, il n'y avait pas de bus. Il fallait marcher trois kilomètres pour aller jusqu'à la maison de Mrs. Melrose.

Le premier jour, Mamita avait repassé un corsage vieux-neuf acheté à L'Armée du Salut. Elle avait lavé et enduit de blanc sa paire de baskets. Elle avait mis un pull rose et s'était fait une tresse basse, retenue par une barrette prêtée par Angelina. On aurait dit qu'elle était passée tout entière dans une machine à laver.

Mrs. Melrose habitait dans une maison de quinze pièces. Trois étages. Un jardin immense avec des quantités de fleurs. Et dans l'allée, deux voitures, apparemment neuves, dont une avec des rideaux.

Mamá a sonné, un peu essoufflée par sa marche à pied. Elle était exactement à l'heure. Mrs. Melrose a ouvert.

Elle était très grande, très mince, très maquillée, avec une robe longue de voiles mauve et blanc et des cheveux blonds en vagues régulières. Elle devait avoir soixante-cinq ans peut-être. Elle a accueilli Mamá comme si elle la connaissait depuis toujours : « Ma chère Elvira... »

Elle parlait très peu d'espagnol et regardait son dictionnaire après avoir mis des lunettes cerclées bleu clair.
– J'habite avec mon fils. Il est à l'étage.

Puis, Mrs. Melrose a fait le tour de la maison en expliquant à Mamá tout ce qu'elle ne devait pas faire. Ne pas frotter les douches et les baignoires avec cette poudre-ci qui grattait trop la surface. (Il y avait cinq salles de bains dans la maison.) Et utiliser cette poudre-là pour la base des robinets. Ne pas aspirer avec la brosse dure les tapis d'Orient. Ne pas laisser les fenêtres ouvertes le jour où les jardiniers venaient... Enfin :
– Ne dérangez jamais mon fils. N'essayez pas de lui parler. N'entrez pas dans sa chambre, Elvira. Jamais.

Ma mère comprenait mal l'espagnol de la dame. Elle s'appliquait à lire sur le dictionnaire les mots que Mrs. Melrose pointait d'un index à l'ongle rosé, décoré par une fine ligne blanche et un diamant. D'un air sûr, Mamá inclinait la tête, en disant :
– *Claro! Claro!**

* *Claro!* : évidemment!

Mais rien n'était clair.

– Je vous laisse, Elvira, dit-elle enfin à Mamá. Merci pour tout. Appelez-moi Judith. Faites ce que vous pourrez. Rien ne presse. La clé de secours est attachée dans une boîte de sécurité sous le climatiseur du garage. Utilisez-la pour fermer la porte. Bonne journée, Elvira.

Mamita était dans une maison pleine de choses à ne pas faire. Tout paraissait impeccable.

Ma mère s'est assise dans la cuisine pour penser. Puis elle a inspecté le salon, rempli d'objets fragiles sur des tables, sur le piano, sur des étagères. Elle est montée dans les chambres et a soudain eu peur dans cette maison pleine de tableaux, de bibelots et de meubles brillants, où tout était trop propre. Seuls des fantômes devaient habiter ici. Et au troisième étage, là-haut, la chambre interdite où vivait le fils.

Mamá s'est donné des claques pour se réveiller. Elle avait un job et on la paierait. Attention de ne rien casser, de ne rien tacher, de ne laisser dans la maison aucune odeur de produits d'entretien.

Pour ne pas perdre son temps, elle a attrapé une bouteille avec un liquide bleu. L'étiquette représentait une femme souriante qui nettoyait des vitres. Mamá s'est mise à faire les carreaux des pièces du bas. Puis elle a frotté par terre avec une éponge et de l'eau chaude dans les salles de bains. Après quatre heures de travail, rien n'était plus propre. Ni plus sale, heureusement.

Elle a refermé la porte, et mis la clé dans le garage.

A la deuxième visite, Mrs. Melrose était très satisfaite. « Faites ce que vous pouvez. Je m'occupe des affaires de mon fils. Tout ce qui lui appartient est trop fragile. Lui aussi est très fragile, Elvira. »

Mrs. Melrose mangeait des graines d'avoine et de soja et des fruits secs, buvait du lait et des jus de légumes et ne cuisinait jamais. Elle ne recevait pas. A la nuit, elle dînait en ville avec son fils.

Mamá n'avait pas compris pourquoi Mrs. Melrose prenait une bonne. Le travail était délicat, mais peu fatigant.

Et elle s'habituerait à la présence fantôme de ce fils en verre.

⁂

– Je n'ai pas franchi la frontière pour me faire engueuler par les gringos, nous a expliqué Mamá. Dix pièces. Deux enfants. Mrs. Jorghens m'arrache mon torchon des mains et me dit : « Comme ça, Elvira. Comme ça. Avec de l'énergie. Vous m'entendez, Elvira? » C'est de la crasse dingue chez ces Jorghens. Ils mangent partout. Ils laissent du linge n'importe où. C'est aussi immense que dégoûtant. Il y a des peaux de banane, des sous-vêtements, des machines pour le sport, des chaussettes, des restes de sandwichs, des bouts de pomme, n'importe où. Et quatre télévisions. Dans le garage, six vélos de toutes les grandeurs, au milieu de tonnes de saletés.
– Cherche pas à comprendre, dit Papá. Les gringos, c'est les gringos. Ils ne sont pas comme nous autres, voilà.
– J'aime mieux chez Mrs. Melrose avec toutes ces belles choses qui brillent comme des yeux. Ça doit avoir beaucoup de valeur.

Je pensais : « Moi, j'irai rendre visite à Mrs. Melrose. Un jour... »

J'ai dit tout haut :

– Nous aussi, on a une chose rare. L'assiette du Yucatán. Tout le monde l'oublie. Pas moi. Elle est avec nous pour la bonne chance. Il faudrait qu'un jour on sache sa valeur.

Mamá ne m'avait pas écouté. Elle parlait, mais elle m'écoutait de moins en moins depuis qu'elle avait son travail.

Papá n'avait pas entendu non plus. Ou fait semblant de ne pas entendre. Le Yucatán, le grand-père, c'était trop enterré pour lui.

# Chapitre 4

Sans poser de question, comme deux enfants sages, les parents ont obéi lorsque Catarina leur a annoncé qu'ils pouvaient se mettre à chercher un appartement.

– Restez dans le quartier, avaient dit Leonardo et Angelina. Entre gens de La Raza, nous nous comprenons. Nous avons les mêmes habitudes.

Les parents ont trouvé un appartement au deuxième étage d'une maison peinte en vert. Mamá l'aurait bien voulue, sa cuisine sans taches, avec des robinets qui brillent et un grand frigo;

des meubles qui ne soient pas éventrés; et une moquette épaisse sans odeur de tabac ou de moisi; une douche et une baignoire dans la salle de bains; et des taies d'oreiller avec des volants mauves dans sa chambre.

– Tu perds la tête, dit Papá. Je gagne l'argent d'un jardinier, pas d'un businessman. Pour la première fois de notre vie, on va être seuls chez nous. Ça suffit, non?

– Ça suffit pour des Mexicains qui ont connu les égouts.

Le petit appartement était sale, la peinture écaillée. La moquette pleine de taches de graisse. Dans la cuisine, il y avait des papiers par terre, des mégots, des assiettes en carton avec de la nourriture collée, des vieux journaux. Dans la salle de bains, une moisissure verte rampait sur le carrelage de la douche. De partout flottait une odeur de tabac et de pourriture. Mais il y avait deux pièces : les parents dormiraient dans la première salle sur le lit-divan. Catarina et moi, au fond.

On a dit au revoir à Leonardo et à Angelina. Pour les remercier, Mamá leur avait préparé un grand repas.

Eux nous ont fait cadeau du dernier loyer.

*
**

En entrant chez nous, Mamita a effacé de sa tête tous les rêves. Elle a sorti une éponge et une poudre à récurer, une cuvette en matière plastique blanche neuve, le seul objet propre, et elle s'est mise à nettoyer avec Catarina. « Comme Mexico, soupirait Mamá. Comme les baraques ! Comme les hangars ! Frotte la crasse, la crasse reste. »

– Mais on a laissé la Guerre des Dettes là-bas, a répondu Catarina. *I speak english**. Je rentre en classe et Alfredo aussi.

– Et quand tous les deux vous parlerez anglais, vos parents, ils comprendront quoi ? a rouspété Papá. Chez nous, il n'y aura pas d'anglais. Jamais !

– Oh ! si, Papito. *English* pour Alfredo et moi. Que ça te plaise ou pas.

Je regardais Catarina. Elle avait du feu dans la tête et dans les yeux, ma sœur.

* *I speak english* : je parle anglais.

Pour rassurer Papá, je lui ai dit :
– La couleur de ma peau est comme la tienne, Papá. Je ne veux pas qu'on change ma peau et mon âme.

Puis j'ai vite ajouté :
– Mais j'apprendrai l'anglais avec ou sans toi pour réussir aux États-Unis.

Mon père m'a donné une claque.
– Le chef ici, c'est moi. Voilà pour ta peau et ton âme et l'anglais.

Plus tard, Catarina m'a cligné de l'œil en murmurant : « Le chef, ici, c'est... » Elle a mis l'index sur sa poitrine. J'ai pouffé de rire en tournant la tête.

***

Papito a trouvé une grosse Ford vert et noir, repeinte, cirée, luisante avec des pare-chocs brillants sur laquelle il s'est tout de suite mis à bricoler.

Pour l'essayer, on a fait un voyage à Oxnard. Oxnard, c'était Scott McGregor, les fraises, et les combats de coqs : pas des bons souvenirs. C'était aussi Ricardo. On a chanté avec lui.

Le premier voyage de Papá n'a pas

RDUST
MOTE
VALEY
MOTEL
ONEW
WELCO
FLO

été fameux : il avait peur sur l'autoroute, la voiture vibrait et faisait de drôles de bruit, et on a crevé une fois.

– C'est un début, j'ai dit à Papá.

Il m'a frotté les cheveux.

⁂

Au mois de septembre, on est allés avec Mamá m'inscrire à l'école de notre quartier.

La cour de récréation était équipée pour tous les jeux de ballon, d'un abri pour les vélos, et de longues tables pour déjeuner dehors.

Au-dessus de l'école, se dressait un clocheton avec des décorations de céramique rose et bleu-vert : les couleurs de l'assiette du Yucatán avec le Serpent à plumes, roi-dieu des hautes terres.

Je pensais tellement à ça, que je n'avais pas écouté le discours du directeur pour les parents et les élèves. « Jeunes plantes chargées de vie... citoyen d'un nouveau pays... moisson d'espoir. »

⁂

Le 8 septembre, j'étais une heure en avance pour la rentrée.

On m'avait mis dans une classe avec des jeunes de mon âge. Que des Mexicains. Sur nos bureaux, il y avait nos noms. Je me suis assis.

Señora Gomez est entrée. Grande comme les Américains, elle portait un blue-jean très serré sur les fesses, et un maillot rose bien moulant. Un garçon a sifflé discrètement.

Señora Gomez, assise sur son bureau, parlait très fort en espagnol comme si nous étions sourds, et très lentement comme si nous étions bêtes. J'écoutais mal, mais je remarquais autour de son cou un collier de perles bleu-vert et roses.

Le collier. Le clocheton. L'assiette.

A la récré, les classes bilingues se sont retrouvées pour jouer au football. J'ai demandé pourquoi les gringos jouaient entre eux. « Eux, ils ne comprennent pas l'espagnol; nous, on ne comprend pas l'anglais! »

Alors, comment est-ce que je ferai des progrès, moi, sans parler avec les anglos?

Pour avoir la paix, j'entrais dans la bibliothèque de l'école.

Au hasard, j'ai farfouillé. Je pouvais toucher à tout. J'examinais les hauteurs, les épaisseurs des livres. J'ai repéré que les plus grands avaient beaucoup de photos, d'images.

Sur la couverture d'un très gros livre, un miroir ovale reflétait une chambre éclairée par une lumière beige rosé, remplie de meubles en bois ciré, luisant comme le confessionnal de l'église.

Je n'avais pas entendu la sonnerie qui indiquait chaque nouvelle classe. La bibliothécaire est venue me taper sur l'épaule. Puis, elle m'a montré comment sortir le livre.

Je l'emportais à la cantine. En classe, je voulais l'ouvrir, ne pas écouter Señora Gomez. C'est incroyable ce qu'elle avait comme poumons. Est-ce que ça durerait comme ça jusqu'à la fin de l'année?

Je me suis mis soudain à détester cette classe.

Bilingue.

Classe pour les minorités.

Ce sale mot qui me donne l'impression d'avoir un cerveau qui ne peut pas fonctionner comme un cerveau enfermé dans un crâne de Blanc.

Minorités. Médiocrité.

Je ne voulais pas rester prisonnier dans un quartier, dans une maison, dans une classe de minorités.

« Alfredo Pérez!... »

C'était Señora Gomez qui me parlait.

– Répète ce que je viens de dire...

– Sur ce livre, il y a un miroir qui reflète des objets splendides. Un jour...

– Si tu n'écoutes pas ton professeur, tu n'apprendras rien. Je dis cela à Alfredo Pérez, mais ceci est vrai pour toute la classe.

On se tournait vers moi, et on ricanait. Une fille me faisait signe de ranger mon livre pour éviter les problèmes. Je le tenais contre ma poitrine pour que tout le monde puisse regarder le miroir.

Et je le rapportais chez moi.

*
**

J'ai demandé à ma mère de me faire changer de classe.

– C'est le directeur qui t'a mis ici. Tu as honte d'être mexicain, Alfredo ?
– Je veux changer de classe, Mamita.
– C'est « non ».

Dans ma chambre, j'ai regardé et caressé des photos de meubles, des lampes, des bouquets de fleurs, des tissus, des sculptures.

Papá m'a demandé ce que je faisais.
– En Amérique, les saloperies s'accumulent comme à Mexico, Papá. Mais dans le tas, je reconnaîtrai ce qui vaut la peine d'être gardé ou vendu, et à quel prix.
– Deux jours d'école et tu as la tête encore plus tournée que celle de ta sœur.
– Pendant longtemps, comme un idiot, j'ai cru que mes saletés étaient des trésors.
– Et alors ?
– Chez Mrs. Melrose, c'est bourré de jolies choses.
– Et alors ?
– Papá, deux jours de classe, et tu ne peux déjà plus me comprendre.
– Alfredo, tu es malade. C'est l'Amérique qui t'a lancé le mauvais œil.

*
**

Depuis le début des classes, Catarina pensait à son succès. Peu au mien.

Mais je ne l'oubliais pas et je l'admirais toujours.

Non seulement, elle prenait du culot avec tout le monde, mais elle devenait de plus en plus jolie.

Elle ne mettait plus de robe. Elle s'était achetée deux pantalons à L'Armée du Salut.

Elle ne regardait plus Mamá rouler les tortillas. Et elle s'était fait couper les cheveux : la seule fille du quartier comme ça.

Elle lisait le journal de Santa Barbara. Elle se promenait dans Ortega Park où Mamá avait dit de ne pas aller, mais où j'allais moi aussi parce qu'il y avait des jolis bancs en bois, à l'ombre, où l'on pouvait lire « tranquille » près des peintures murales géantes.

Un soir, je regardais Catarina lire près de moi.

Elle avait rasé ses jambes, enfilé une chemise de nuit noire, très courte.

Devant un miroir de poche, elle a mis du rouge à lèvres, de la poudre, ombré ses paupières et les a soulignées d'un trait bleu. Brusquement, comme furieuse, elle a effacé son maquillage avec des bouts de coton.

– Non, ce n'est pas ça que je veux. Du tout ! Et laisse-moi, Alfredo, s'il te plaît !

Puis elle a repris son livre, m'ignorant complètement.

Le corps de Catarina m'intimidait. Je n'osais même plus taper sur l'épaule de ma sœur pour lui demander à quoi elle pensait. J'ai appuyé mon front et ma poitrine contre le mur en détournant mon regard.

Puis elle s'est mise à parler vite et avec dureté :

– Chaque année, je prendrai les cours les plus difficiles. Je serai la meilleure de la classe. Je serai la première de l'école. Je m'en fiche de La Raza. Tu as remarqué que les enfants d'Angelina n'ont pas la même couleur de peau que toi et moi. Eux, on pourrait presque les prendre pour des gringos. Pas toi. Pas moi. Étrangers. Ça se voit sur notre corps qu'on est Mexicains. On est presque de la couleur des Noirs. Tu sais ce qu'on dit des Noirs et des Mexicains : « Ils n'apprennent rien. Ils ne réussiront jamais. Ils ne sauront jamais gagner du fric. Ils n'ont aucune chance. Et c'est même pas de leur faute. Ils sont paresseux de nature. » Les parents sont trop vieux pour réussir des choses extraordinaires. Mamá gratte avec des brosses autour des robinets, vit à quatre pattes pour frotter par terre et ne se fâche plus. Papito est tout timide et sans idées. Travailler deux fois plus que les gringos : c'est notre seul choix. Tu m'entends, Alfredo?

Catarina m'effrayait.

Je lui dis :

– Les parents ont réussi leur projet, tu sais. Ils nous ont fait venir ici. Moi, j'ai besoin de toi, Catarina. On pourrait penser aux Ventes ensemble.

– Et tu crois que c'est dans les saloperies installées devant les maisons le samedi et le dimanche, que tu vas les découvrir tes choses de valeur. Tu te souviens des « trouvailles » de Papá... Les vélos cassés, les pneus, les bouts de bois. C'était la fortune pour bientôt...

– Papá n'avait jamais ouvert un livre

comme ceux que je trouve à la bibliothèque… Moi, je saurai un jour faire la différence entre El Corazón de la Esperanza et de l'or pur.

Catarina m'a embrassé.

Elle ne m'oubliait pas.

Elle avait rampé dans l'égout avec moi. Elle avait ramassé des fraises et des melons, des laitues et des haricots. Si ma sœur voulait réussir, je réussirais aussi.

Le lendemain, je suis allé lire près des peintures géantes de Ortega Park : un Indien Maya avec des ailes d'aigle sur le dos, et enroulé dans le Serpent-Roi; un homme blanc qui fait éclater ses chaînes; un Christ en pleurs qui tient sur ses genoux un Mexicain; et un texte avec des lettres rouges et noires : AVONS DESSINÉ CECI CAR LES MOTS SONT MALADES LES DESSINS SONT VIE.

Je comprenais mal cette phrase, mais j'aimais sa compagnie.

*
**

J'avais une peau sombre, une peau d'Indien. Une peau. Une langue. La langue de ma peau. Je pensais quelquefois : « Avec cette peau, jamais je ne parlerai l'anglais sans accent. »

Je me regardais de plus en plus longtemps dans la glace de la salle de bains. Oui, presque noir. Et si j'essayais de changer ça...

Je ne mettais plus de chemises claires. Je ne portais plus de shorts. Et j'observais dans la classe : seule, Lupita était plus sombre que moi.

Est-ce qu'elle avait honte?

– Au début, m'a-t-elle dit, c'était affreux. J'ai cru que je ne pourrais jamais vivre aux États-Unis. J'étais pour toujours dans la catégorie des « pas-Blancs ». Les « pas-pareils ». Les autres. Même s'il y en a des millions comme moi... J'ai essayé de changer...

Lupita m'a donné une recette pour blanchir la peau : un mélange de jus de citron et de blanc d'œuf. J'aurais dû me douter que ça ne réussissait pas... J'ai été assez naïf pour essayer.

Il me fallait deux citrons par jour, quatorze citrons par semaine et sept blancs d'œuf. Même en prétextant que je me faisais de la citronnade, Mamá n'achèterait jamais autant de citrons pour moi seul. Et elle s'apercevrait vite que je piquais des œufs dans le frigo.

Je me suis souvenu des fruits gaspillés à Montecito. Je me servirai là-bas.

J'y suis allé en bus. Puis j'ai marché dans les rues immenses le long des maisons énormes sur leur gazon de velours, et leur jardin coloré. Quelques voitures de luxe roulaient lentement. Pas de trottoirs. « Comme ça, ils évitent les piétons, surtout ceux à la peau sombre ou noire », avait dit Mamá. Aucun magasin. Un lac entouré d'un terrain de golf et de palmiers aux troncs épais. Des mouettes, immobiles comme des porcelaines, flottaient.

Ni grille, ni barrière, pas même un mur bas devant cette maison. Je me suis arrêté pour ramasser un plein sac de citrons. Pendant le retour en bus, je me demandais où je les cacherais.

Je faisais mon lit le matin. En rentrant, j'ai arrangé mes citrons sous mon matelas. Ils étaient durs. Aucun risque.

Restaient les œufs.

Mamá nous donnait un dollar par semaine. Je ne le dépensais jamais. Avec, j'achèterais mes œufs.

Mon désir de réussir m'a donné du culot. J'ai demandé à l'épicier de me garder des œufs. Je les paierai à la douzaine. J'irai les chercher un par un.
– Et tu veux faire quoi avec ça?
– Une expérience. Il n'y a pas de place dans mon frigo.

Le soir.

Je me suis mis tout nu dans la salle de bains, et j'ai frotté mon corps avec le jus de citron et le blanc d'œuf.

La nuit.

Je voyais une publicité de télévision : des filles en marbre voilées de robes roses, debout dans une voiture décapotable, tendaient vers un garçon à la peau blanche des coupes de champagne.

Le lendemain.

Je me suis approché d'un groupe de gringos. J'en avais le droit. J'étais en train de devenir différent des Mexicains. Les garçons me regardaient du coin de l'œil, se poussaient du coude. Est-ce qu'ils auraient déjà remarqué?

Je leur parlais avec mon mauvais anglais.

Ils m'ont répondu en éclatant de rire. Avec un air relax, je m'éloignais.

Dans ma classe, rien de nouveau. Señora Gomez, assise sur le bureau, ses longues jambes serrées dans un pantalon blanc, parlait trop fort, comme d'habitude.

– Prenez votre carte des États-Unis et marquez les villes. Chicago. Miami. Los Angeles. Washington. Alfredo, est-ce que Santa Barbara est plus proche de Chicago ou de Los Angeles ?

Question posée pour la dixième fois. Réponse juste pour la dixième fois. Señora Gomez endormait les cerveaux. Peut-être parce que le sien n'aimait pas apprendre grand-chose...

Peu importait aujourd'hui. Je ne pensais pas à ma tête, mais à ma peau.

A la maison, je me levais avant les autres. J'attrapais deux citrons sous mon matelas. Je les pressais. Je cassais l'œuf. Je mélangeais le tout. Devant le miroir, j'installais une chaise de la cuisine, montais dessus puis je frottais mon corps. J'inspectais mon visage, mon ventre, mes jambes. Lupita avait dit : « Il faut laisser le mélange pendant dix minutes. » Le citron me piquait la peau. Au début, je l'enlevais tout de suite.

Puis, je me suis habitué aux picotements.

Trois fois, je suis allé à Montecito pour mes citrons. Deux mois, j'ai fait l'expérience. Je ne voyais aucune transformation.

Je m'occupais de ma peau.

Je pensais moins à l'anglais.

Je n'allais plus à la bibliothèque demander des livres.

Je n'allais plus rôder dans les Ventes.

Je ne parlais plus avec Catarina.

Et, lorsque Mamá nous demandait de nous agenouiller avec elle devant le Reposoir, je ne pensais qu'à une chose : La Vierge de Guadalupe est aimée par tout le monde au Mexique. Avait-elle la peau plus sombre, ou moins sombre que la mienne ?

Un jour où je sortais la chaise de la salle de bains, Catarina m'a vu.

– Qu'est-ce que tu fais ?

– Je remets une chaise dans la cuisine.

– Ça se voit !! Et ça servait à quoi cette chaise dans la salle de bains ?

– Le miroir est trop petit.

– Ta chaise le fait grandir?
– J'en ai marre de...
– Et ton anglais? Tes maths? Ta géographie des États-Unis? Ou donner un coup de main dans la cuisine? A quoi tu penses en ce moment?

J'ai tout raconté.

Catarina m'a parlé plus gentiment.

– C'est dans son âme et son cerveau qu'il faut changer, Alfredo, pas à la surface de sa peau. Les gringos aussi essaient de changer de couleur, ça leur prend beaucoup de temps! Les filles et les garçons américains vont à la plage. Et ils restent toute la journée au soleil pour se bronzer et avoir une peau comme la tienne. Une fille de l'école m'a même apporté son huile de noix de coco. Dingue! Devenir noire-noire, je m'en fiche autant que d'être blanche-blanche. Une personne ne se réduit pas à la couleur de sa peau. Toi, cet été, au lieu d'aller t'enduire d'œuf et de jus de citron, tu auras un job et tu te feras du fric. Je te trouve très bien comme tu es.

Puis elle a ajouté :

– Pour moi, pas de changement de peau.

Catarina avait des larmes. Elle a mis sa joue sur mon épaule et j'ai pris dans mes doigts une touffe de ses cheveux.

– Alfredo, tu te souviens :

*De colores es el arco iris que vemos lucir, y por eso los grandes amores de muchos colores me gustan a mi**...

*
**

J'ai arrêté de faire des expériences sur ma peau.

Pourtant, mon désir de rentrer dans la société des Américains grandissait. Les profs l'avaient expliqué, le directeur l'avait proclamé : nous étions tous égaux. Les études, les jeux, les sports étaient les mêmes pour tous. Nous avions les mêmes droits, les mêmes devoirs, dans un pays de démocratie et d'égalité. Pas vraiment !

J'ai beaucoup travaillé pour supprimer mon accent. Señora Gomez nous avait dit que les lettres les plus difficiles

* *De colores es el arco iris que vemos lucir, y por eso los grandes amores de muchos colores me gustan a mi... :* l'arc-en-ciel rayonne de toutes ses couleurs : voilà pourquoi les grands amours de toutes les couleurs me plaisent ...

pour nous seraient le *r* et les voyelles, surtout le *e* et le *i* et le son *th*. (Pour elle aussi..., on pouvait tous l'entendre.) J'avais une liste de mots où ces lettres revenaient souvent. Je la savais par cœur. Et je la répétais dans mon lit, en me lavant, en me promenant dans la rue. J'avais engagé une bataille contre ma langue et ma gorge et mes lèvres et mes dents.

Pendant les récréations, le déjeuner, je m'approchais du groupe des Américains blancs. J'écoutais. Je répétais à mi-voix.

« Pourquoi tu vas par là ? Raté ! Minable ! » disaient des copains mexicains.

J'attendais qu'un Américain passe la frontière vers moi. Ou moi, vers lui.

***

J'ai repéré Jeff.

Jeff arrivait seul le matin. Il plaçait un livre contre l'arbre, posait par terre un sac en papier beige et observait les élèves en suçant une barre de chocolat. Il attendait la sonnerie. Puis je le perdais de vue.

A la récré, Jeff ne jouait à aucun

sport. Il allait vers le hangar des vélos, sortait de son sac quatre gâteaux ronds et mous. Il les ouvrait en deux, léchait le centre, et les avalait l'un après l'autre, puis il se passait la langue sur les lèvres. Après la classe, il sortait un gros sandwich de son sac et s'en allait en mâchant.

Jeff était très blanc et très gras. Dans l'école, il y avait quelques enfants gros, mais Jeff était extraordinairement gros.

Seul.

Blanc.

Gras.

Américain.

On avait tous les deux un point commun : seul.

Je né voulais pas rater ma rencontre avec Jeff. Mais je ne savais pas comment l'aborder.

Señora Gomez nous avait parlé des fêtes américaines. *Halloween* : le 31 octobre, le jour où les enfants et les jeunes se déguisent tous et vont, la nuit, chercher des bonbons.

Idée...

– Tu étais déguisé en quoi pour Halloween? j'ai demandé à Jeff.

– En fantôme. Je rentre facilement dans

un drap. Halloween... La plus belle fête..., m'a dit Jeff. Pas la fête des masques. La fête du sucre. Je m'approvisionne pour deux mois. Je ne frappe pas de porte en porte avec un petit sac comme les autres. J'y vais avec une taie d'oreiller. Si ça t'intéresse, je te montrerai les quartiers, les techniques pour avoir le maximum de bonbons.

– Tu as vu que j'étais mexicain?

– Et alors? Moi, je suis portugais. Enfin, ma grand-mère.

Jeff me parlait devant tout le monde. Que ma peau soit sombre n'avait aucune importance pour lui. Que j'aie un accent et que je fasse des fautes, ça lui était égal. Que je sois mexicain ne le dégoûtait pas, ne l'effrayait pas.

Il discutait avec moi.

Très vite, je lui ai récité ma liste de mots, en lui demandant de corriger mes *r*, mes *i*, et mes *th*. Il répétait après moi. Moi après lui. Je ne me sentais ni idiot ni gêné.

– Demain, est-ce que je peux te lire des trucs en anglais?

– Tant que tu veux. Je te donnerai un accent meilleur que celui des journalistes de la télé. Est-ce que tu as remarqué que je suis gras?

J'hésitais.

– Bien sûr. Et tu es seul. C'est pour ça que je suis venu vers toi.

– Alfredo, t'es bien moins con que les autres. Les gens me disent : « Mais non, t'es pas gros! » Comme s'ils étaient aveugles et moi, dingue. Bon, apporte tout ce que tu veux lire. J'écouterai.

Généreux avec ses bonbons, ses gâteaux, ses pizzas, Jeff voulait que je partage avec lui. Chaque jour, il se munissait de réserves dans son sac profond en papier beige. Après l'école, il marchait de son pas lourd et balancé vers le distributeur de nourriture et de boissons. Il ne pouvait pas se retenir de mettre de l'argent. Il caressait la machine comme pour l'apprivoiser. Il appuyait sur le bouton, collait son oreille sur la vitre et écoutait, les yeux mi-clos, le bruit de son argent qui libérait le passage des cacahuètes au chocolat ou des biscuits au fromage, du Coca ou du soda à l'orange. Lorsque le paquet apparaissait, il l'examinait, le palpait, puis m'en offrait. Je refusais. Il avalait le contenu en deux bouchées. Le voir manger me dégoûtait. Peu importe. Jeff était doux, lent, mou, sympa, rigolo, rassurant.

Un jour, il m'a annoncé :

– Moi, je ne risque rien. Personne ne m'attaquera. Les mecs ne me frôlent pas, même si je tiens de la place. Je sais trop de trucs par cœur. J'ai une tête qu'ils préfèrent oublier. Mais toi, méfie-toi. On t'a repéré avec moi. Les mecs aiment se battre, c'est pas croyable !

– Je ne sais pas me battre... Dis-moi, qu'est-ce que tu sais par cœur ?

– Des tonnes de choses. Tu m'avais fait plaisir avec ta liste de mots en anglais. J'adore les listes.

Et il s'est mis à me débiter des noms. Ça devait être les présidents des États-Unis, car j'avais reconnu Washington, Jefferson et Lincoln. Ensuite il m'a récité les cinquante États avec leurs capitales.

– Si tu veux, je te récite les États de ton pays.

J'ai reconnu « Yucatán ». Je lui ai parlé de l'assiette du grand-père. Et il m'a raconté la légende de Quetzalcóatl. Avec des tas de détails.

– Je connais au moins deux villes dans

chaque pays d'Amérique du Sud et les noms de tous les oiseaux qu'on peut voir sur la plage et ceux des coquillages aussi.

Jeff était formidable. Il partageait avec la même joie ses listes et ses gâteaux.

Je lui ai lu un article de journal sur des vieux meubles à vendre.

Il m'a dit en mangeant une poignée de pop-corn au caramel :

– Super bien ton accent!

Encouragé, je lui ai demandé s'il savait pourquoi tous les Mexicains devaient être dans la classe bilingue?

– Parce que vous parlez l'espagnol et que vous êtes mexicains!! Ils disent que c'est plus facile pour vous d'apprendre en espagnol. Mais aussi, ils pensent que vous mettriez le reste des classes anglos en retard. T'occupe pas des conneries, et étudie ce qui t'intéresse. Comment ça va dans ta tête avec deux langues? Tu trouves que c'est difficile l'anglais?

C'était sympa qu'il s'inquiète de ça.

– Oui, très difficile. Avec ma peau, tu crois que je peux devenir Américain?

– Mexicain et Américain. Il y a des millions d'émigrés qui y arrivent... avec le double de soucis et de problèmes. A moi de te poser une question difficile, Alfredo. Avec mon lard, je ne pourrai jamais être le mec bronzé, musclé, terrible qui ramasse les filles, hein?

Je lui ai tapé le dos amicalement.

– Je m'en fous..., Alfredo. Enfin, je crois que je m'en fous...

La sonnerie annonçait la fin de la récré.

Pour dire au revoir, Jeff m'a appris à lui frapper trois fois la paume de la main comme le font les Noirs. On se sentait tous les deux séparés des Anglos et des Mexicains.

Sur mon bureau, une épingle fixait un papier avec des gouttes de sang dessinées au crayon rouge. Une phrase écrite en anglais et en espagnol : « Si tu flaires les gringos on te cassera la gueule. »

Mon front me brûlait et mes doigts tremblaient. Je m'asseyais, droit, regardant les phrases sur le tableau.

Pendant que Señora Gomez s'asseyait à l'angle de son bureau, je regardais à droite et à gauche. Qui avait écrit ça?

C'était le moment de composer une histoire. En anglais ou en espagnol, au choix. Je déchirais le bout de papier et je le cachais dans un livre.

« Super bien ton accent... »

Je pensais : « On ne me cassera pas la gueule... »

Et j'essayais d'oublier la menace cachée dans mon livre.

# Chapitre 5

Mamá m'agaçait. « Ça va Alfredo? A la réunion, Señora Gomez m'a dit que tu étais bon élève, mais que tu étais toujours seul. Ça va, dis, Alfredo?
– Je ne suis pas seul, Mamá.
– Señora Gomez l'a dit.
– Je m'en fous de Señora Gomez. Et si je lis *in English* ce n'est pas *because of* elle *but because of me**.
– Parle en espagnol, Alfredo. Tu n'arrives pas à te trouver d'amis?

* *Because of* elle *but because of me* : ce n'est pas à cause d'elle mais à cause de moi.

– Je suis le meilleur de ma classe. A tout à l'heure. J'ai à travailler. »

J'avais pris en horreur ces discussions, où Mamá tournaillait des phrases qui me rentraient dans les oreilles comme des vis. Elle voulait entendre sa voix (en espagnol) près de la mienne (en espagnol). Mais il n'y avait plus rien à se raconter sur la maison, sur l'église, sur le budget de la famille. J'écoutais d'une oreille les problèmes de crasse et de poussière. Et je refusais de parler de Jeff, de la bibliothèque et des livres sur les objets rares.

Je me trouvais de plus en plus différent de mes camarades. Certains essayaient d'avoir des bonnes notes en répétant tout ce que Señora Gomez enseignait. D'autres commentaient les matchs de base-ball par un système de signes pendant la classe. D'autres se battaient. Certains n'avaient qu'une envie : fumer et siffler des filles. Les uns mettaient des filets et de la crème sur leurs cheveux pour les aplatir en arrière. Les autres s'échangeaient des adresses pour trouver des t-shirts et des pantalons à la mode.

Leurs copines parlaient de programmes de télé. Elles comptaient le nombre de garçons qui leur avaient téléphoné. Elles essayaient du rouge à lèvres et des poudres à joues. Elles s'achetaient des revues de mode. Elles étudiaient leur anglais tout en frisant leurs cheveux. Elles s'échangeaient leurs pulls et leurs jupes.

Tout le monde parlait des derniers modèles de voitures et des prix des cassettes vidéo.

A l'inverse de moi, ils aimaient les choses que l'on peut trouver partout, qui sont fabriquées en série et dont on voit les publicités à la télé. Moi, je recherchais les objets uniques.

Je vivais beaucoup seul, comme Jeff. Eux vivaient ensemble, s'épiaient, s'imitaient.

Le soir, je me regardais dans le miroir de la salle de bains.

Me reconnaître.

Me rassurer.

Me retrouver.

M'accepter.

En dépit de la couleur de ma peau, et de la forme de ma tête et de mon nez trop long (c'était le nez des Indiens Mayas), je ne me trouvais plus laid.

Grâce à Jeff. Il m'avait dit plusieurs fois que je ressemblais à une sculpture et que je pourrais m'installer dans un musée. Je demandais à Catarina de me rassurer aussi.

– Mais non, tu n'es pas laid, Alfredo. Je te l'ai déjà dit. Tu as des bonnes notes en classe. Tu parles anglais de mieux en mieux.

– Avec un accent.

– Moi aussi. Et ça m'est égal. Et pour cet été ? m'a demandé Catarina.

– J'ai une idée depuis longtemps. J'irai voir si les gens ont besoin d'aide pour préparer leurs Ventes, pour nettoyer les garages et présenter les objets. Ensuite je mettrai une annonce, c'est gratuit pour les jeunes pendant les vacances.

– Et tu crois qu'avec la couleur de ta peau, les Américains vont te confier ce qu'ils veulent vendre, Alfredo ? Ils pensent que tu es là pour fureter dans leur maison, repérer, piquer, voler.

– Je peux commencer par les Ventes des Mexicains. Plus tard, les gringos. Ils laissent Mamá rentrer dans leur maison. Elle connaît même les systèmes de sécurité.

– Quand tu auras un plan précis, tu m'en parleras...

Mamá agaçait Catarina.

Lorsque ma sœur et des amies étaient chez nous, Catarina blaguait, récitait, travaillait en anglais. Elle perfectionnait les sons, s'amusant avec sa gorge, sa bouche et riait de ses fautes. Mamá se cachait dans la cuisine comme si Catarina était devenue une étrangère.

Les amies parties, Mamá sortait de sa cuisine et se fâchait contre Catarina :

– Plus tu apprends, moins tu parles en espagnol, plus tu oublies la famille. Plus tu oublies le Mexique, plus tu seras perdue en Amérique. Tu ne sauras pas qui tu es, d'où tu viens. Tu deviendras un singe américain.

– C'est toi qui a poussé Papá à quitter notre quartier. Tu veux que je retourne à Mexico pour nettoyer la rue? Vider des cuvettes d'eau de pluie? Faire la queue pour acheter un kilo de farine que je ne pourrai pas payer? Et trouver un mari pour faire la Guerre des Dettes, sans avoir le temps de l'aimer? Pas de ça pour moi!

– Ici, tu n'aides même plus avec le linge, dit enfin Mamá.

– Toute la famille serrée autour de la machine à laver en se passant une bouteille de jus d'orange, ça nous occupait au début. Mais c'est fini. Fini. Fini.

Si Papá était là pendant ces discussions, il mettait la télévision plus fort, ou bien il pressait ses mains sur ses oreilles, ou bien il se levait pour chercher une bière dans le frigo.

Et moi, je lisais en anglais pour m'éloigner de Mamá.

***

Il y a eu cette note, plus brutale que les autres. « La Raza parle. Alfredo Pérez n'écoute pas. Sorti de l'égout, tu retourneras à l'égout. »

Je fourrais la note dans un livre. Personne ne devait la lire. C'était une honte pour moi.

Je frôlais les murs jusqu'à Alison Street, la tête dans les épaules. Je m'attendais à des coups.

Les coups sont venus...

J'étais allé très tôt lire dans Ortega Park.

Aujourd'hui je lisais pour préparer un devoir : trois pages sur l'architecture de Santa Barbara.

J'étais seul dans le parc.

Comment ont-ils su que j'étais là?

Deux types que je ne connaissais pas, plus vieux que moi, et beaucoup plus forts, se sont plantés à côté de moi.

– Qu'est-ce que vous voulez?

– La gloire de *La Raza Pura*.

L'un m'a jeté sur la tête un sac en plastique noir, pendant que l'autre me poussait dans l'angle du mur. Ils m'ont tapé la tête, le dos. Ils m'ont mis à plat ventre, m'ont encore frappé. J'étouffais. Ils m'ont fait mettre à genoux, ont enlevé ma chemise, ils m'ont donné un coup de couteau sur l'épaule et ont enfin ôté le sac.

– Aujourd'hui, c'est un avertissement, Alfredo Pérez. La prochaine fois, ça sera la gorge.

Et puis ils sont partis.

J'avais entendu parler des gangs du côté est et ouest de la ville. Je savais qu'ils se battaient, qu'ils échangeaient aussi de la drogue et des armes. Tout près de l'école de Catarina, il y avait un terrain vague où même les filles s'attaquaient.

La tête me brûlait, la sueur me coulait au milieu du dos, la douleur sur mon épaule paralysait mon bras. J'ai mis mon mouchoir sur la blessure.

Je n'avais pas envie de rentrer chez moi. A la maison, ma mère me poserait des questions-perce-oreilles jusqu'à ce que je parle, puis elle me dirait de me taire, de ne voir aucun gringo, de me méfier, de rester avec les Mexicains, de me rappeler ce qu'elle m'avait dit sur Ortega Park, d'accepter qu'on était des étrangers ici, des centaines de milliers d'étrangers.

Premier ou deuxième homme de la famille, un homme doit savoir se battre. Mais pourquoi? Pourquoi? Pourquoi?

Je me battais avec moi-même pour accepter ma peau sombre, mon accent maladroit, mon retard dans mes études. Je ne voulais pas de batailles au couteau.

Ceux qui ont passé la frontière du nord, cachés dans des trains, des bus, puis en rampant dans des égouts, en se faufilant dans les trous du grillage, en nageant dans la rivière, ne seront jamais plus des Mexicains du Mexique. Alors pourquoi ces deux types, qui vivaient aux États-Unis comme moi, voulaient-ils que je m'intéresse à La Raza Pura?

Je me suis levé. Le livre de la bibliothèque n'avait pas été abîmé. Et pour ne pas perdre l'équilibre, je marchais en suivant une ligne droite du regard.

Papá était là.
– Alfredo, tu t'es battu?
– On m'a battu.
– Qui?
– Deux types du gang de La Raza Pura.
– Pourquoi?
– Parce que mon seul ami est américain, je crois.
– Alfredo, pourquoi tu ne restes pas avec les Mexicains?
– Parce que je veux parler l'anglais très bien.
– Et ça te servira à quoi?
– A avoir un job d'Américain, pas un job de Mexicain.
– Tu me méprises, Alfredo?
– Non, Papá. Tu n'avais pas le choix

pour tes jobs. Tu as travaillé tout de suite pour qu'on puisse rester ici. Tu m'as envoyé à l'école. Mais moi, je ne serai pas comme toi.

Je me suis enfermé dans la salle de bains. Sur le miroir, ma peau, la forme de ma tête, mon nez, mon sourire, mes cheveux étaient semblables à ceux de Papá...

J'ai enlevé ma chemise et lavé la blessure de mon épaule.

Papá était assis sur le divan et regardait la chaîne de télévision espagnole. Lorsque Catarina ou moi étions là, on regardait toujours une chaîne américaine. Papá s'apprêtait à appuyer sur le bouton pour changer de chaîne. J'ai pris sa main dans la mienne :

– Dans cette maison, on parle espagnol.

Papá m'a tapé la joue affectueusement.

Et le soir, il a dit à Mamá :

– On a attaqué Alfredo. Ne lui pose pas de questions. Il sait ce qu'il fait.

Mamá a froncé les sourcils. Papá a redit :

– Ne lui pose pas de questions. Il ne

deviendra ni une brute ni comme le fils de ta Mrs. Melrose, ce grand bébé invisible et inutile.

Ce fils enfermé dans sa chambre, protégé, que personne n'avait le droit de voir et qui ne faisait rien.

*
**

En classe, on m'a demandé ce qui était arrivé. « Je me suis fait mal en jouant au football. » Quelques-uns savaient sûrement.

Mais à Jeff, j'ai tout dit.

– Va voir le dirlo. Il demandera une enquête. La police existe pour tout le monde, ici. Ou plutôt non. Ne va pas voir le directeur. Ça fera de la publicité pour les gangs. Tais-toi. Sois prudent. Les mecs aiment se battre, Alfredo. Je te l'avais dit. Ils ont ça dans la peau. Lis tes bouquins. Chez nous, on a une collection d'oiseaux en porcelaine blanche. Un jour, tu sauras reconnaître s'il y en a un qui a de la valeur. Occupe-toi de ça, et laisse les tueurs faire de l'exercice. Ne va pas dans les endroits pour casseurs de gueule. Ils t'ont fait mal?

Je n'allais pas l'embêter avec les douleurs de mon cou, de mon dos, de mes muscles. Et ma peur.

– J'ai mal ici et là. Ça passera.

– Pour oublier, on parle de ton métier.

Soudain, dans ma tête, des ombres d'images et des mots murmurés ont glissé : « Yucatán; le grand-père; les objets dorés de l'église; l'assiette de Quetzalcóatl; l'égout; les hautes terres; le passé enfoui; le maïs pour les gens; un mariage; un artisan; ça porte bonheur; les projets de Papá; un travail qui réussit; beau; un cœur qui brûle; un projet rare qui aboutit. »

– Alors, Alfredo, ton métier? Pourquoi t'as choisi ce métier?

J'ai dit à Jeff :

– Pour devenir un riche Américain. Un métier, c'est pour le fric.

– C'est vraiment pour ça, Alfredo?

– Sûr de sûr!

Mais je savais bien que Jeff ne me croyait pas. Et heureusement!

***

Je passais du temps chez Jeff, mais je n'osais pas le faire venir chez moi : les parents bafouillaient en anglais. Et j'avais l'impression qu'ils ne savaient rien. Catarina se serait peut-être moquée de Jeff. Son ventre tombait sur sa ceinture. Et, lorsqu'il souriait, ses joues lui cachaient les yeux. Mamita était grosse aussi. Elle disait que ses hanches renversaient les tables et les lampes. Mais pour Mamá, être gros, c'était normal.

Je me suis décidé un jour.

« Jeff mange des masses. Prépare trois fois plus que pour nous. »

Mamá avait fait des *enchiladas** au poulet, du riz et des haricots rouges.

Jeff a mangé lentement et en parlant beaucoup. Il trouvait sympa d'avoir une famille autour d'une table. Il a demandé qu'on lui raconte des histoires sur le Mexique. Et on traduisait pour les parents et pour Jeff.

J'étais fier de lui et j'étais fier de nous. Ma famille connaissait des tas de choses qui intéressaient un Américain.

* *Enchilada* : crêpe de maïs ou de blé fourrée de viande, de fromage, roulée, recouverte de sauce au piment et cuite au four.

Après le repas, pour être tranquilles, j'ai proposé à Jeff d'aller se promener.
– Est-ce que tu as encore faim ?
– Plus maintenant, mais si je vois quelque chose à manger, ça va recommencer. Tu veux que je te récite des listes pour oublier la nourriture.

Il m'a récité sa toute dernière : une liste de volcans. Il la disait dans tous les sens, à toute allure ou lentement.

Il avait mis sa main sur mon épaule et je sentais son gros bras lourd derrière mon cou. Jeff a aperçu une machine automatique de frites, de Coca et de limonade à la cerise et à l'orange. Il les avait mangés et bus des centaines de fois, ces trucs-là. Il a enlevé son bras de mon épaule. « Alfredo, il faut que j'aille goûter. Excuse-moi. »

C'était vraiment triste cette maladie. Une fois de plus, je l'ai regardé dévorer en silence.

***

J'ai pris des décisions :

Passer mes dimanches à la bibliothèque municipale.

Trouver combien valait l'assiette du Yucatán.

Prendre un job pour me faire du fric et acheter quelques objets.

D'abord mon job.

Je distribuerai le journal de Santa Barbara à domicile. Il me fallait un vélo pour aller de maison en maison. Jeff en avait deux. Ils restaient dans le garage (en compagnie de raquettes de tennis, de gants de base-ball, de boxe, de ballons de football, de patins à roulettes et de planches à surf.) Sans hésiter, Jeff m'a dit :

– Jamais je n'irai à l'école en vélo. Ma mère aime bien m'emmener en voiture de toute façon. Sers-toi.

J'ai donc eu un beau vélo bleu avec une selle blanche.

Mamá a crié que je ne devais rien demander aux gringos, que c'était une honte de quémander comme si la famille était à la rue, comme si Papá n'avait pas de situation. « Jeff me le prête. C'est du business, Mamá. Laisse-moi faire. »

A cinq heures de l'après-midi, je trouvais mon gros paquet de journaux. Assis sur le trottoir, je glissais les pages de publicité au milieu de chaque journal. Une fois roulés avec un élastique, ils étaient chargés dans deux sacs en toile sur mon vélo. Et je passais de maison en maison. Au début, je suis tombé plusieurs fois : je ne savais pas garder mon équilibre en jetant les journaux du bord du trottoir devant les portes. La personne responsable de la distribution m'avait fait des remarques : « Les gens rouspètent. Tu casses des plantes dans les jardins. Tes journaux atterrissent sur les gazons au moment où on arrose. Vise juste sur le porche. Tu as oublié le 2054 et le 2132. Business, c'est business. »

Je ne me laissais pas démonter.

Jeff, sans faire de sport, connaissait bien le base-ball. « Étudie les techniques pour envoyer la balle, tu lanceras tes journaux super. »

Jeff n'aimait pas bouger, mais il était un bon entraîneur. Il s'asseyait dans la cour de l'école, posait ses cacahuètes, ses chips et son pop-corn et me donnait des conseils : « Le coude plus bas. Vise plus haut. Baisse l'épaule. Le poignet souple. »

Le journal du dimanche était énorme. Je faisais atterrir avec précision le gros paquet de papiers imprimés. Toute la distribution devait être finie avant sept heures et demie.

A la maison, Papá rouspétait.

– Le dimanche, je dors. Tu me réveilles à cinq heures.

– J'ai un bon job. Je fais ce qu'il faut pour le garder.

J'étais payé tous les quinze jours. Jeff m'a dit : « Fais-toi ouvrir un compte d'épargne. Et l'argent que tu gagnes augmentera sans travail. » Cette idée me paraissait bizarre. Comme Papá, comme Mamá, je croyais que les économies se mettaient dans une enveloppe.

Jeff est venu avec moi à la banque. La dame m'a aidé à remplir les papiers, gentiment, sans remarquer que ma peau était très sombre, et mon nez long comme celui d'un Maya. Je tremblais en lui donnant tout ce que j'avais gagné. Jeff m'a rassuré : « Tu peux le récupérer quand tu veux, ton argent. Mais pendant qu'il est là, ça touche des intérêts. C'est sans risque. »

Et tous les quinze jours, je passais à la banque. Je demandais combien j'avais.

Mon argent augmentait, comme Jeff l'avait dit.

J'allais à la bibliothèque de la ville près du grand restaurant mexicain-gringo. Je m'arrêtais pour écouter la musique des trois guitaristes avec leur chanteuse qui, passant de table en table, jouaient pour les clients.

Dans la bibliothèque, chaque semaine, sous des vitrines, on exposait de nouveaux objets : des broderies, des sculptures, des objets en verre, des photographies. Par la façon dont ils étaient protégés, je savais qu'ils étaient précieux.

Une des bibliothécaires m'a expliqué comment trouver les livres sur les meubles, les objets de décoration, les bijoux, les « antiquités ». Je n'avais qu'à passer d'un rayon à l'autre, choisir, me servir et emporter chez moi ceux que je voulais.

Désormais, je n'avais plus de temps à perdre : entre la classe, mon job et la bibliothèque, et les Ventes que j'évaluais vite et de mieux en mieux.

*
**

Et j'ai voulu rechercher la valeur de notre assiette.

Catarina n'y pensait plus. Mais elle a cligné d'un œil : « Vas-y Alfredo, j'attends le résultat. »

Le résultat : *450 dollars**.

Je suis allé voir le plus grand antiquaire de Santa Barbara.

Mr. Meijian m'a parlé comme si j'étais une grande personne. Lui non plus n'était pas américain. Il a déposé avec soin mon assiette sur un coussin de velours noir. Puis il a sorti des livres. A examiné l'assiette. Regardé les livres. Et m'a dit :

– 450 dollars au moins.

– Comment savez-vous... ?

Il m'a fait entrer à l'arrière de son magasin. Il m'a parlé en espagnol, avec un accent différent du mien, mais je pouvais le comprendre.

– Voilà. Sous votre assiette il y a cette signature. Je l'ai donc reconnue comme venant du village de Chichen Itzá. Puis je l'ai fait miroiter sous la lumière de ma lampe. J'ai remarqué qu'il n'y avait

* *450 dollars* : plus ou moins 2 700 francs.

aucune trace de pourpre dans le vernis. L'ambre est parfait. Ce qui est très rare. Dans le dessin, le serpent a la langue trifourchue, au lieu de bifourchue. De plus, elle a au moins cent cinquante ans. Enfin, la tradition de Quetzalcóatl, serpent-aigle, n'existe pas à Chichen Itzá. On en trouve quelques exemplaires, extrêmement rares. Vous en possédez un. Maintenant, le prix...

– Je ne veux pas la vendre, cette assiette. Elle appartient à ma famille. Merci pour les renseignements. Je reviendrai vous voir.

– Quand tu veux, bonhomme !

Chez moi, je me suis fait engueuler par Catarina pis que si c'était Mamita.

– Tu n'as pas demandé de détails sur le prix ! Idiot ! Idiot ! C'est ça qui était important ! A quoi ça te sert de reconnaître des objets rares si tu ne sais pas calculer leur valeur ! Alfredo, tu vas devenir comme Papá. Des idées ! Des projets ! Aucun résultat ! Et qu'est-ce que tu fais avec l'argent de la vente des journaux ?

– Il est en banque. Ça me rapporte des intérêts.

– Enfin! a soupiré Catarina. Du travail qui aboutit...

Mr. Meijian avait reconnu très vite la valeur de mon assiette. J'étais effrayé de tout ce que je devrais savoir. Il était vieux. J'étais un gosse. Mais j'apprendrais vite.

⁂

Finie Señora Gomez, sa voix de tonnerre et ses longues jambes croisées sur le bureau. A la réunion de fin d'année, j'ai eu une récompense : les félicitations du directeur de l'école. Sur l'estrade. Devant tout le monde. J'ai reçu un certificat de « Travail et Efforts Exceptionnels ». J'avais peur. J'étais fier. Je tremblais. Et j'aurais voulu pour un instant seulement parler en espagnol avec mes parents.

L'année prochaine, j'irai donc au lycée comme Catarina. Plus de classe bilingue et je pourrai choisir mes cours.

Je ne parlais d'aucun projet avec Papá

et Mamá, seulement avec un des conseillers de l'école et avec Jeff.
– Tu ne restes pas avec les Mexicains? Tu peux...
– Pas du tout! Le Mexique, c'est mes souvenirs. Je ne pourrai plus jamais être un vrai Mexicain. Autant essayer d'être Américain. Et je veux économiser pour mes études. Ça coûte cher de faire des études ici. Même avec une bourse. Il faudra que je me débrouille seul. Tant qu'on était à ramasser des légumes et des fruits, ma famille, ça allait. Mais plus ma sœur et moi parlons en anglais, plus on s'éloigne des parents : eux ne font pas de progrès. Ils me gênent. Ils ont l'air d'enfants retardés. On les comprend mal. J'entends leurs fautes. Fautes. J'ai l'impression qu'ils sont coupables. Quand ils essaient leur anglais, Catarina et moi, on se retrouve dans un cauchemar avec des rires méchants : « Pablo et Elvira Pérez seront toute leur vie des clandestins. Qu'ils restent avec ceux de leur race. » On a honte, on essaie de se boucher les oreilles.
– C'est vraiment difficile d'avoir deux langues, hein, Alfredo? a demandé Jeff.
– Deux pays. Deux bouches. Deux

corps. Deux têtes. Très, très difficile. Je voudrais être une seule personne.

*
**

Pendant l'été, j'ai continué à distribuer les journaux. Et tard le soir, j'ai nettoyé les cuisines d'un restaurant chinois.

Tout mon temps libre, je le passais à la bibliothèque. J'avais trouvé un bon coin paisible. C'était au deuxième étage, près d'une fenêtre qui donnait sur le palais de justice. Je me préparais une pile de livres. Je scrutais les images. Je les comparais. Je lisais des dates et des explications sur les signatures, les couleurs, les matériaux, les lieux de fabrication des objets. Pas sans peine, je comprenais un peu plus chaque jour.

Je suis retourné souvent voir Mr. Meijian, l'antiquaire qui avait estimé le prix de notre assiette. Il aimait que je parle de ma vie. « Alfredo, tu es un peu comme moi quand je suis arrivé aux États-Unis, il y a longtemps, lorsque dans mon pays les gens étaient massacrés par centaines. »

Mr. Meijian parlait cinq langues. Je

n'employais pas toujours les mêmes mots que lui en espagnol. Il répétait les miens. Il était content que je lui apprenne quelque chose.

Et il m'a montré des tas de trucs pour reconnaître les vieux vases, les lampes, les poteries, les meubles.

Et le dimanche, j'allais dans les Ventes. Pas encore dans les Ventes des grandes maisons. Mais ça viendrait.

Le plus souvent, il y avait des cochonneries. Des vieilles ceintures, des cravates, des casseroles, des chapeaux de lampe. J'examinais très vite. Je « reniflais ». Là... pas grand-chose. Mais « ici »... Mon nez d'Indien Maya sentait juste... J'ai acheté un monocle, un tabouret, un étui à aiguilles, des verres de couleur, un brasero en cuivre, un jeu de tarots. Ça n'avait pas une énorme valeur, mais, en marchandant un peu, je les ai revendus à un brocanteur trois fois le prix que je les avais achetés. Catarina a vu « mes » choses dans son magasin. Il les offrait le double.

Ces quelques affaires m'avaient rapporté déjà beaucoup plus que mon compte en banque et ses intérêts...

Dans plusieurs maisons de gringos, sans doute à cause de la couleur de ma peau, les gens s'approchaient de moi pour être sûrs que je ne prenne rien. Je ne me fâchais pas. Je n'avais plus honte. Mais je désirais qu'un jour ceux qui me soupçonnaient soient forcés de s'excuser.

*
**

Je suis allé avec Catarina discuter sur la plage. L'océan aide à rouler et à prolonger les rêves.

– Alfredo, m'a dit Catarina, toute l'année dernière, je me suis battue pour réussir en classe. Je ne veux pas être mexicaine. Tu sais ce qu'on dit de nous : « Elles sont faciles à avoir. Elles cherchent toutes un Américain riche pour les entretenir. » Et voilà ce que Mamá pense de moi : « Catarina ne sera jamais une femme qui sait tenir une maison et s'occuper d'un mari. » Je vais faire des études longtemps : presque aucune fille mexicaine ne pense comme moi. Et Mamá ne peut pas comprendre.

– Et moi ? J'ai l'air d'un nul. J'évite les

gangs. Je ne veux pas siffler les filles. Je n'apprends ni à jouer au base-ball, ni à me battre au couteau, ni à me soûler à la bière, ni à danser sur de la musique que je n'aime pas.

L'air était doux et lumineux. On s'est assis l'un à côté de l'autre; on a respiré le vent, écouté les mouettes et léché nos mains salées. Le soleil chauffait notre nuque. On était bien.

– Combien est-ce que tu as sur ton compte en banque? m'a soudain demandé Catarina.

Même Jeff l'ignorait. Les parents n'avaient jamais posé de questions. Franchement, d'ailleurs, je m'intéressais moins à mon compte en banque qu'à mes trouvailles.

– J'ai appris cinq nouveaux noms de faïenciers dont je connais la signature, les procédés de couleurs et de cuisson.

– Tu te fiches de moi, Alfredo? Tu as entendu ma question?

– Je me tais là-dessus.

Catarina a remis ses sandales, passé sa main dans ses cheveux ébouriffés.

– Mamá a écouté et supporté les rêves de Papá. Lui aussi essayait de gagner sa vie sans savoir compter. Au revoir.

Seul, je suis resté tard sur la plage avec des idées en anglais et en espagnol, mélangées aux piaillements des mouettes.

Quand je suis rentré à la maison, Catarina lisait. Je voulais de nouveau lui parler. Elle m'a ignoré. Mamá préparait le repas. Papá regardait sa télé. Je ne savais plus quoi leur dire.

J'ai eu l'impression qu'on était comme les maisons des gringos, les unes à côté des autres, avec des fenêtres fermées, aveuglées par des rideaux et protégées par des systèmes de sécurité fonctionnant jour et nuit.

***

Un soir, Mamá, très excitée, nous a parlé du fils de Mrs. Melrose.

– Aujourd'hui, j'étais seule dans la grande baraque et, soudain, j'ai entendu crier et pleurer dans la chambre de son fils. Inquiète, je suis montée à l'étage. J'ai placé mon oreille contre la porte, Mrs. Melrose m'avait donné l'ordre de ne jamais le déranger. Mais j'avais peur pour le fantôme. J'ai entrouvert la porte, et puis je suis carrément entrée.

« Sa chambre est comme un magasin de jouets. Des chats, des ours, des rats énormes en peluche dorment sur les fauteuils et le long des murs. Des trains et des voitures tournent autour d'un cheval en bois doré, décoré de roses. Deux immenses poupées habillées en dentelle occupent son lit recouvert de drap blanc brodé avec des coussins bleus et mauves. Du haut du plafond, pendent des grandes fleurs en soie.

« Il était blotti dans un coin de sa chambre, à côté de son lapin dans une cage, et il pleurait et tapait ses poings contre le mur. Un garçon de trente ans, ou plus peut-être, avec une grosse tête pâle et ronde comme une boule de cire, et des yeux gris-blanc comme du brouillard. Il s'est précipité sous son drap et s'est recroquevillé au centre de son lit. Il s'est soudain arrêté de pleurer, et je me demandais si je devais m'en aller ou essayer de lui parler. Je ne savais même pas son nom. Sa mère dit toujours " mon fils ". Il n'avait l'air ni blessé ni en danger. C'est une sorte d'animal blanc, vieux-jeune. J'ai fermé la porte. Cette maison est dingue comme ces films d'horreur qu'ils passent le soir à la télé. »

« Je pensais : " Le fils de Mrs. Melrose doit être un objet vivant si précieux que sa mère a peur qu'il ne se casse, qu'il ne s'abîme, une poupée en porcelaine décorée, prisonnière loin du public sous une cloche de verre. " »

Mamá a continué :

– Il n'a pas le droit d'aller dans la piscine tout seul. Sa mère l'accompagne. Je me demande si c'est elle qui le lave! Et leur voiture à rideaux, on dirait un corbillard! Mrs. Melrose me dit : « Il est malade, très malade. Ça recommence pour moi, Elvira. » Qu'est-ce qui recommence? Qu'est-ce qu'il a comme maladie? Est-ce qu'elle est plus folle que son fils? Et en plus, je n'ai rien à nettoyer dans leur baraque.

– Ce fils, ce grand bébé, cette vieille larve, ça me dégoûte! dit Papá.

Mrs. Melrose payait très bien Mamá sans l'embêter. Papá ne voulait pas qu'elle abandonne son travail.

Mamá continuait donc à nettoyer ses maisons. Elle en avait cinq. Plus les bureaux d'un groupe d'avocats. Elle était heureuse de travailler. Mais elle n'avait plus envie de laver dans notre appartement.

Mamá disait : « Catarina, le travail des femmes, tu dois l'apprendre. » Ma sœur répondait : « C'est aussi celui des hommes. Papá et Alfredo peuvent aider. » Papá criait qu'il n'avait jamais entendu des sottises pareilles. Je me taisais. Enfin, plus Mamá frottait chez les autres, moins elle s'occupait de chez nous. Elle achetait de la sauce piquante et des haricots rouges en boîte au lieu de les préparer elle-même. Elle ne roulait plus jamais ses tortillas. Elle attendait d'avoir sali tous les couverts et les assiettes pour faire la vaisselle.

Mon père ne pensait plus à changer sa vie. Il n'avait jamais suggéré qu'il se mettrait à son compte avec sa camionnette, sa tondeuse, son soufflant pour les feuilles, et tous ses instruments de jardinage.

Il suivait les ordres de Mr. Yotokawa, subissait ses remarques désagréables. Son salaire lui permettait de louer avec sa famille un appartement minuscule et en mauvais état. Ça lui suffisait.

Mon père n'avait pas envie de s'occuper de jardinage à la maison. Il n'arrosait même pas le lierre que Mamá avait installé sur le frigo rouillé de la cuisine. Il ne faisait pas de commentaires sur les gazons de notre quartier, tous mal tondus et secs, sauf au mois de janvier et février quand il pleuvait. Mamá, Catarina et moi, on savait ce que les jardins mal entretenus des Mexicains voulaient dire pour les gringos : ça appartient à des gens sales, pauvres, ignorants, avec des jobs qui ne rapportent rien. Nos jardins étaient comme une maladie de la peau que l'on n'arrive jamais à guérir.

***

Pour le 15 août, l'église de Mamá célébrait la Vierge Marie. Toute la paroisse avait préparé une grande fête. Catarina a refusé d'y aller.

– C'est vieux tout ça. Je ne vis pas autrefois. Mais maintenant. Cette messe, ces souvenirs, c'est dingue à mourir.

Et d'une main rageuse, elle a fait basculer le Reposoir : le Christ et une statuette de la Vierge avec deux bougies roses, une brassée de minuscules fleurs en plastique achetée à L'Armée du Salut et le chapelet accroché par deux épingles.

Mamá, silencieuse, s'est baissée pour tout ramasser.

C'est moi qui ait dit à Catarina qu'il fallait aller à la fête, qu'on était encore une famille.

– Bla-bla, m'a dit Catarina. Je ne veux pas traîner avec moi la vieille vie des parents.

– Viens à la fête. Il n'y en a pas si souvent. Mamá sera contente. Papá aussi, même s'il ne croit pas beaucoup à la religion. Viens.

Angelina et Leonardo Ruiz étaient là avec leurs enfants. Isabel et sa famille. L'épicier qui m'avait vendu les œufs. Beaucoup de gens du quartier.

Comme d'habitude, je regardais les objets sur l'autel, dans l'église. « Il y a des choses dont il ne faut pas savoir le prix... »

Je suivais d'une oreille le sermon du prêtre... Bienheureux les pauvres... frères et sœurs soumis... nos familles à l'image de la famille divine... humbles et belles tâches...

Catarina qui, elle, suivait chaque parole, avait l'air furieux.

– Dingue! Dépassé! Pas juste!

La musique de l'église me rendait joyeux. Avec Jeff, j'avais écouté des groupes de rock. Mais j'aimais bien mieux les guitares, les trompettes et les percussions du Mexique. Papá fredonnait tout seul à côté de moi en tenant la main de Mamá. Et Mamá plusieurs fois a effleuré son épaule.

Après la messe, on a mangé le grand repas.

Chaque famille avait apporté un plat. Sur la nappe en papier avec des marguerites jaunes et blanches, les casseroles, les saladiers étaient rangés les uns à côté des autres. Dans un panier, s'entassaient des piles d'assiettes en carton et de couverts en plastique. Une grande machine pour faire le café. Un tonnelet de bière. Et sur les deux arbres du parc, des piñatas étaient suspendues. En forme d'étoile. En forme de cœur. En forme de fleur.

Pendant toute la journée, Catarina a rouspété : « Je m'en vais. On a l'air d'idiots. Cette cuisine sent mauvais. Ça doit puer dans tout le quartier. Ce prêtre avec ses conneries sur la gloire de la pauvreté. Cette fête est trop bruyante. Je déteste les fêtes. Comme si on me forçait à être heureuse d'être mexicaine. »

Je pensais : « Catarina doit être en train de souffrir beaucoup pour dire des trucs si horribles. »

Après le repas, elle est partie en douce. Est-ce que les parents s'en étaient rendu compte? Avaient-ils prétendu ne rien voir pour ne pas être tristes?

J'étais un peu vieux pour les piñatas, mais je les perçais quand j'étais petit garçon pour les baptêmes, les mariages, les fêtes. Pourquoi pas encore maintenant? J'ai pris un bâton pour en crever une en plein centre. Le torrent de bonbons et de surprises a dégringolé. Je ne me suis pas baissé pour les ramasser. J'ai laissé ça aux petits.

Après, je voulais partir. Voir Catarina.

Les enfants de Leonardo m'ont rattrapé pour me montrer des trucs que leurs parents avaient achetés. Un baladeur, des lunettes de soleil en forme de palmier, des cassettes. Je m'en fichais de ça. A côté de mes choses rares, ça n'avait l'air de rien.

Mamá discutait avec tout le monde et Papá chantonnait :

– Sin un amor...

J'ai remarqué que Papá avait bu beaucoup de bière, mais les autres aussi.

Catarina n'était pas chez nous. Impossible de la joindre chez ses amies.

Les parents sont rentrés. C'est Mamá qui a dit :

– Alfredo, va chercher Catarina. Elle est seule, furieuse, triste, dans la cour de l'école.

– Comment tu sais?

– Je l'ai aperçue. Elle est ma fille, même si elle essaie de l'oublier.

J'ai couru vers Catarina. Elle venait vers moi.

– Je veux savoir une chose, Alfredo. Est-ce que tu essaieras encore de te mettre des trucs pour changer ta peau?

– Ça c'est fini, Catarina. Ma peau est sombre comme celle de Papá. Tant pis. Tant mieux. L'antiquaire ne s'inquiète pas de ma couleur pour m'expliquer des tas de détails sur sa profession.
– Tu te souviens : les vélos de Papá, la télé cassée, les toiles pour les W.-C., à Mexico ?
– Et alors ? Il y a plein de saloperies ici aussi, figure-toi. Et des objets rares à trouver. Il faut trier dans la vie.
– Trier, acheter et vendre comme il faut, m'a murmuré Catarina.
– J'ai déjà commencé. Est-ce que je peux te prendre par la main ?
– Aujourd'hui, avec cette fête, je ne sais plus qui je suis, Alfredo.
– On est des Mexicains-Américains. C'est difficile, très difficile. On est des millions comme ça dans ce pays. Tu sais encore qui je suis, j'espère !!

Catarina a sangloté.
– Alfredo, il y a des jours où je pense que c'est toi qui es un objet rare...

J'ai mis mon doigt sur ses lèvres :
– Chut, Catarina. Chut... !

# Chapitre 6

Dans notre rue, les Martínez déménageaient. Ils voulaient se débarrasser des vieilleries accumulées depuis leur arrivée à Santa Barbara. J'ai proposé de les aider.

Avec Señora Martínez, on s'est attaqués au garage. On a jeté sans hésitation des cartons moisis et vides. Cela faisait de la place pour organiser les différentes catégories d'objets.

Autour d'une chaise en paille orange (coin jardin), j'installais un râteau, deux pelles, des sécateurs, une brouette avec une grosse fougère. Dans des cuvettes en plastique (coin entretien) je déposais des bouteilles d'insecticides, d'engrais, des pots de peinture, de produits de nettoyage à peine utilisés.

Sous le porche, on a mis le coin des vêtements pendus sur des cintres en fer. (Señora Martínez avait tout soigneusement repassé.) Sur une table écaillée cachée par un napperon, le coin vaisselle : des assiettes, des couverts dépareillés, des tasses. Comme appareils ménagers : un grille-pain, deux ventilateurs qui fonctionnaient mal et une vieille machine à laver...

J'essayais de tout présenter avec soin comme les vitrines de Mr. Meijian ou de la bibliothèque municipale. Beaucoup de choses étaient sales; je les avais nettoyées, brossées ou cirées. Arrangé, reclassé, tout avait pris un air utile, tentant, pas même vieux.

Avec Señora Martínez, j'ai fait plusieurs fois le tour de la maison pour voir si elle voulait se débarrasser d'autres objets. J'ai accroché des taies d'oreiller et des torchons sur une corde entre deux fenêtres. Et dans une corbeille, des serviettes de table et une nappe.

Près d'un reposoir, presque semblable à celui de Mamá, j'ai aperçu une poterie avec cinq porte-bougies : un *Arbre de vie* du Mexique. Cette sorte de poterie venait de Izucar de Matamoros. Elle représentait des oiseaux, des lapins, des enfants, des fruits cachés dans des feuilles de cactus. Mêlant vie et mort, des petits personnages embrassaient des squelettes grimaçants cachés dans des feuillages. J'ai demandé à señora Martínez d'où venait son Arbre de vie.

– C'est mon mari qui y tenait ! Ça rentrait dans notre sac. Il vient de Metepec, je crois. Il faudrait le vendre aussi.

Ce n'était pas le style de ce village, je l'avais repéré.

– Je connais un antiquaire qui vous l'estimera. Ne le bradez pas avec le reste.

– Un vieux truc comme ça ?

– Ce mélange de vie et mort... Ce n'est pas un arbre comme les autres.

– Et comment tu sais ça, toi, Alfredo ?

– En regardant des livres surtout. En observant des vitrines d'antiquaire. Alors, oui ? On le vend séparément ?

Señora Martínez a demandé à son mari.

– Si ça rapporte de quoi te racheter un grille-pain, qu'Alfredo se débrouille !

Beaucoup de gens se promenaient le samedi et le dimanche en quête de Ventes et de choses vieilles-neuves. Vendredi soir, j'avais accroché des panneaux dans les rues. Inutile de mettre une annonce dans le journal, ça nous aurait pris la moitié de la recette.

Tout était propre, brillant, même les choses en mauvais état. Les prix, dérisoires.

Ma Vente était la plus belle qui ait jamais été organisée! Je revoyais, la nuit, les objets que j'avais arrangés. Je les plaçais et les déplaçais dans la maison des Martínez pour savoir quel serait l'endroit idéal. Les torchons devenaient des nappes brodées; la bouilloire en aluminium, un vase fumant utilisé pour une cérémonie en l'honneur d'un dieu inca; et un dessous-de-plat en laiton, une patène pour recevoir une hostie sacrée à l'église.

Ce que j'avais deviné, appris, en regardant les livres, mes discussions avec Mr. Meijian étaient utiles : cela rendait splendide tout le petit bazar des Martínez.

*
**

Le jour de la Vente, Catarina avait proposé de tenir la caisse avec Señora Martínez.

– On dirait que tu as la garde des trésors historiques de Santa Barbara, Alfredo... Tu fais beaucoup de bla-bla pour des bricoles. Mais j'irai à ta Vente. Je ferai les calculs. Toi, tu envelopperas les petites cochonneries dans des journaux.

Les réflexions lucides de Catarina m'avait remis les pieds sur terre. Elle avait raison. Je regardais mon exposition. Ça avait l'air un peu minable. Mais si j'en vendais les trois quarts, j'aurais réussi.

On a commenć à huit heures du matin. A midi, on avait tout liquidé. Les vieilleries des uns étaient devenues les bonnes affaires des autres. Le garage était vide. Dans la maison, restait ce que les Martínez voulaient vraiment garder.

Et j'allais faire estimer l'Arbre de vie.

– Cent vingt dollars, à peu près, m'avait dit Mr. Meijian. Les petits personnages sont très fins. Et puis ces enfants embrassant des squelettes, mélange de vie et de mort. C'est unique. Je te le rachète si tu veux. Je connais quelqu'un qui les collectionne. Celui-ci est une beauté.

Je n'ai rien vendu. Et j'ai rapporté la nouvelle aux Martínez.

– Garde-le. Vends-le. Comme tu veux. Ces vieilles saletés du Mexique, nos enfants s'en fichent. S'il te rapporte quelques sous, tant mieux.

– Ce n'est pas quelques sous ! Vous avez entendu le prix de l'antiquaire ?

– Garde-le donc. Tu nous a aidés à liquider toutes nos cochonneries. On redémarre pour Los Angeles.

***

Je suis allé sur la plage avec Catarina.

– Ta vente... Pas mal, mon frère...

J'ai fait le bilan de ce que je possédais. Catarina était ébahie. Moi, enchanté de pouvoir l'étonner.

Fini le petit frère qui traînait dans les rues, sa radio sur l'épaule, regardant par terre, inutile pour la famille.

– Alfredo, tu continues tes recherches. Et j'ai une idée pour placer ton argent : des bons du Trésor en attendant mieux. J'étudierai les prix des petits riens. Je serai spécialiste en banque et en bricoles. Toi, spécialiste en antiquités. D'accord? Et puis il y aura tes impôts...
– D'accord! Je gagne des sous, toi tu les investis.

J'ai fait un clin d'œil à Catarina en lui donnant une chiquenaude sous le menton.

Les parents, inquiets, m'enfonçaient des questions-vis dans les oreilles.
– Un jour, tu organiseras une superbe bêtise. Tu rateras une Vente et tu paieras pour tes gaffes. Quand on doit payer sans avoir d'argent, ça s'appelle faire des dettes. Les dettes, tu sais ce que c'est, non? Tu oublies que tu n'es même pas encore un citoyen américain.
– Sans être citoyen, j'ai des droits. Entre autres celui de gagner ma vie. Et quand on est mexicain, c'est plus difficile que pour les autres...

Mamá agitait les bras. Ses grosses joues rondes devenaient rouges. Son front se couvrait de sueur. Elle allait et

venait dans la cuisine, s'asseyait, se levait.
– Et figure-toi que Mamá et moi, on a payé notre voiture sans emprunter. Tous les deux on a un vrai métier.
– Mamá, ici, il y a tellement de choses partout... Je veux apprendre à trier là-dedans. Je sais déjà bien faire.
– Pourquoi tu farfouilles dans tout ça? Tu lis. Tu écris. Señora Gomez t'a appris beaucoup...
Je suis devenu furieux.
– Lire, ça sert à quoi, si on ne lit rien? Comme toi! Comme Papá! Tu n'es jamais allée dans une bibliothèque. Ce que j'étudie, ça te dépasse.

Mamá a pris le coin de son tablier et s'essuyait les yeux. Jamais je n'avais été volontairement méchant. Mais ma mère ne voulait pas se rendre compte de mon travail... ou ne pouvait pas. Elle n'avait jamais entrevu ce que je désirais. Une cuisine propre, pratique, de quoi manger, deux fauteuils confortables sans trou sur les accoudoirs, avec de bons ressorts, en face d'une télé où il y avait une chaîne en espagnol, ça lui suffisait.

Je ne me suis pas excusé de lui avoir parlé brutalement. Je n'ai pas essayé de l'embrasser. J'ai claqué la porte et je suis allé chez Jeff. Lui comprendrait. Il ne me ferait pas des sermons. Et il me parlerait en anglais.

*
**

– Catarina, en s'occupant de tes finances, te libérera des soucis, m'a dit Jeff. Tu as de la chance qu'elle aime ça. Les bons du Trésor, c'est un investissement très prudent.

Puis il m'a félicité d'avoir repéré l'Arbre de vie.

– Tu as le nez pour récupérer les objets rares. Offre tes services dans les maisons où ta mère fait des ménages. Tu te ferais vraiment du fric. Bien sûr, tu es un Mexicain très sombre ! Les gringos sont toujours nerveux quand ils vous donnent des responsabilités. Sauf pour gratter les parquets, creuser des trous dans les rues ou tailler les arbustes. Fais-toi connaître petit à petit. Quand tu te présenteras avec une chemise blanche, une cravate, un costume de banquier et sentant bon l'after-shave, parlant ton

meilleur anglais, et pas gras comme moi... là, ils t'accepteront. Certains snobs seront assez cons pour te demander l'adresse de ton salon de bronzage.
– Je bafouille encore. Dans des années, je connaîtrai peut-être mon job à fond. Mais j'ai un truc à te dire...
– Grave?
– Oui.
Et je lui ai raconté l'incident avec Mamá. Mes insultes.
– Je n'aurais pas dû faire ça, hein?
Jeff a sorti de son congélateur une quiche au crabe qu'il a réchauffée dans le four à micro-ondes. Après l'avoir dévorée, il lécha un glaçon ananas-noix de coco, puis, il m'a enfin répondu :
– On ne peut pas toujours ménager les sentiments des parents. Il ont la peau dure. Ils crient, ils pleurent, ou ils se taisent, mais quand leurs enfants essaient des trucs nouveaux, ça leur réveille le cœur. Eux sont vieux. Ils ne peuvent plus inventer.
– Mes parents sont venus aux États-Unis..., tu sais. Ils ont changé leur vie.
– Pardon, tu as raison...
Jeff m'a montré dans sa chambre les fleuves et les lacs des pays d'Afrique, sur

une carte qu'il avait dessinée lui-même.
– A quoi ça te sert, tout ça? Réciter des listes, ça ne donne pas un métier.
– Ça me sert à moi, Alfredo. Mes parents gagnent de l'argent pour acheter des trucs. Les voitures, les frigos, les télés, les fours à micro-ondes, les mixeurs, les magnétoscopes, les robots ménagers, les cassettes vidéo, les lave-linge, les sèche-linge, je m'en fous.
– Tu t'es servi de leur four pour ta quiche!
– D'accord, les fours à micro-ondes, ça va vite. Mais les fleuves et les lacs d'Afrique, c'est mon cerveau qui les mange. Tu comprends?

Je ne comprenais pas très bien. Mais Jeff m'avait encouragé, félicité. J'en avais besoin.

*
**

Pour notre deuxième expérience, Catarina et moi avons organisé la Vente avec les affaires de trois familles : le choix serait plus grand. Même genre de trucs que chez les Martínez.

La seule trouvaille a été un pigeon en

verre blanc signé H.N. Sans la signature, il valait plus ou moins deux dollars; avec, il en valait cinquante-cinq.

Je l'ai vendu à la mère de Jeff.

Pour me remercier de mon travail, les familles m'ont dit de garder l'argent.

Le quartier connaissait maintenant notre spécialité. Jusqu'à la fin de l'été, j'ai obtenu des jobs avec Catarina en apprenant les Ventes de bouche à oreille.

*
**

« Les beaners sont tous des paresseux. Lents. Pas intelligents. Sans ambition. » Les plus minables des gringos répétaient : « C'est leur bouffe qui les rend comme ça. » J'essayais d'effacer ces phrases et leurs traces absurdes et méchantes qui rayaient ma tête. Cette année, je rentrais au lycée. J'étais prêt à apprendre plus que les autres.

Je m'étais inscrit en classe très tôt. J'ai eu tous les cours que j'avais demandés. Jeff en avait choisi deux comme moi, Histoire des États-Unis et Mythologie.

Pour le premier jour, Jeff était venu me chercher. Au fur et à mesure qu'on approchait de l'école, les groupes se retrouvaient bruyants, heureux.

Mais...

Depuis que j'avais quitté la maison, j'avais l'impression que deux types me suivaient à distance. J'ai laissé Jeff devant sa classe. Les deux types étaient à la porte de la mienne. Toute la journée, pendant que je changeais de salle, que je montais les immenses escaliers, que j'allais dehors manger mon sandwich, ils m'épiaient.

Qui étaient ces types?

Mes premiers cours m'ont tout de suite plu. Je pourrai suivre facilement. Même l'anglais.

Catarina avait, entre autres, un cours où l'on apprenait à composer de la poésie et des nouvelles en espagnol. Pas moi. L'espagnol, c'était pour parler avec les parents et Catarina.

Cette année, j'aurai énormément de travail : mes cours; les Ventes; la bibliothèque; mon job dans le restaurant chinois, tard le soir. J'avais laissé tomber la distribution des journaux.

⁂

Ce vendredi soir, j'avais envie de rentrer assez vite chez moi. Mamá serait là. Je ne lui raconterai sans doute que peu de choses et je répondrai rapidement à ses questions. Mais sa large présence dans la cuisine serait apaisante. Je ne m'agenouillerai pas devant le Reposoir. « Prie pour que cette année de classe soit aussi bonne que la dernière. » Non, je ne m'agenouillerai pas et je serai agacé par sa voix en espagnol après toute une journée d'anglais. Mais je serai bien à la maison. Papá arriverait plus tard, boirait en silence deux bières devant la télévision.

Les deux types m'attendaient dans la rue.

– Pérez?

– C'est moi.

– Le fric, ça t'intéresse. On sait tout. Tes jobs. Tes Ventes. Les voyages de la frangine à la banque. Tu veux plus?

– Quoi plus?

– T'es un super démerdard pour le fric. Si tu viens à *Loady Lane*, on te montrera pour le gros paquet.

Loady Lane, Catarina m'en avait parlé. C'était l'endroit où l'on pouvait acheter et vendre de la drogue. Le dirlo le savait. Les profs le savaient. La police le savait. Mais les rencontres et le trafic passaient en douce.

Devant moi, j'avais deux types qui connaissaient ma vie en détail. Le fric pour le fric, je m'en fichais. Eux me provoquaient. Autant que les mecs qui m'avaient battu l'année dernière.

Je leur ai dit :

– Foutez-moi la paix ! Vos saloperies, je n'en veux pas. J'ai mon plan pour moi. Vous ne rentrez pas dedans.

– Pérez-anglo, Pérez-gringo, Pérez-les-jobs, Pérez cla-classe. Tu te souviens du sac sur la tête ? Nous, on a de la mémoire. La Raza Pura cherche mecs sérieux : petite annonce.

– Vous ne pouvez pas me forcer ! Foutez-moi la paix !

– États-Unis et Liberté... Ça, c'est nul pour nous. On te laisse une semaine pour faire un *deal*. Les bons élèves, ça passe en douce. Tu viens le matin à sept heures avant la cla-classe. On apporte l'herbe. Tu fais brouter dans la journée. On te laisse dix pour cent. Tu verras,

c'est vite l'enfer. Plus que de gratter dans les restos. Ou farfouiller dans la crotte. Il nous faut des revendeurs. Toi, t'es notre type. Honnête. *Clean*. Personne ne se doutera de ton petit job.
– Et quand je me serai fait piquer, je ne serai plus « clean ». Votre combine, je n'en veux pas. Et La Raza Pura, qu'elle fasse son boulot sans moi.
– Il faudra qu'il pense dans sa tê-tête, Alfredo Pérez. Et qu'il pense bien. Et signale à la frangine que La Raza colle sur la peau.
– Vous n'allez pas embêter Catarina, n'est-ce pas?
– On va la faire marcher en ligne droite, pendant qu'on te surveille. La réponse on la veut vendredi, à six heures trente. On est du genre pressé, précis.

Puis ils sont partis.

J'étais dégoûté. Dégoûté de tous les gangs. Dégoûté que des mecs me dérangent. Je ne voulais pas avoir peur et traîner leurs menaces.

Chez moi, je me taisais. Mamá buvait du café avec une de ses amies, discutant de famille et d'école. Je me suis enfermé dans ma chambre.

Je parlerais avec le directeur. S'il ne savait pas quoi faire, qu'il consulte la police de la ville. Si la police était dépassée, qu'elle se plaigne au gouverneur de l'État. Un élève, même mexicain, a le droit d'être protégé et qu'on lui foute la paix pour qu'il étudie tranquillement.

J'avais du travail : j'ai revu mes cours du matin et préparé une interro. J'ai regardé des photos de gobelets en cristal, des verres de Venise, des chopes anglaises...

Catarina est arrivée, contente de sa journée. Elle avait déjà prévu une série de super-notes qui lui permettraient de poursuivre ses études après le lycée.

Elle me parlait la première :

– Ça va être formidable...

Je l'ai brusquement arrêtée. Il fallait que je raconte.

– Alfredo ! Tu ne vas pas trembler toute l'année dans la peur qu'on ne t'attaque. Le dirlo en a par-dessus la tête des gangs. Explique tout à Isabel. Elle connaît des tas de gens à Santa Barbara. Le maire. Les conseillers municipaux. Des organisations mexicaines et américaines pour l'école. S'il faut faire du battage, elle ira voir les journalistes. Ces types devraient être...

Ces types devraient être quoi? Arrêtés? Emprisonnés? Renvoyés au Mexique? Isabel, quelle solution elle trouverait? Elle avait conseillé Mamá. Elle lisait. Elle aimait autant l'Amérique que le Mexique. Elle aidait tout le monde, des bébés aux vieillards. Elle avait un cœur immense. Elle m'aiderait.

Mamá entourait de son bras le cou de Papá. Et Papá reposait sa tête sur son épaule.

Je me suis assis à côté d'eux, regardant ce film en espagnol avec cette actrice décolorée blond-roux, glissant un sourire aux dents trop blanches pour ce Mexicain aux yeux gris-bleu. Le film, je m'en fichais. Mais j'étais bien auprès des parents pour calmer la peur de la journée.

Je jouais un jeu avec mes paupières : loin-près. Loin : le Mexique. Près : l'Amérique. Loin : mon enfance. Près : mes parents. Loin : mes promenades calmes avec ma radio. Très près : la drogue et les menaces de la rue.

Je suis resté longtemps sur le lit-divan. Mon père avait-il bu de la bière avec ma mère ? Ils étaient calmes dans leur monde. Ils n'avaient pas bougé. Ne m'avaient pas remarqué. Je leur laissais leur repos.

Je suis retourné vers Catarina qui écrivait. Je ne voulais pas la déranger. Comme nous partagions la même pièce, nous faisions attention de ne pas parler quand l'un ou l'autre avait besoin de silence. J'ai lu jusqu'à onze heures.

Catarina s'est mise en pyjama dans la salle de bains comme chaque soir. Puis j'y suis allé à mon tour. Avant de s'endormir, on s'est fait un clin d'œil : Sœur-Frère. On peut toujours compter l'un sur l'autre, n'est-ce pas?...

*
**

Isabel m'a dit qu'elle s'occuperait de tout. Ma vie en classe ne serait pas dérangée par des types qui vivaient de drogue.

J'ai reçu une lettre du shérif. Il avait à me parler.

– Va au rendez-vous de vendredi. Je te demande ce service.

J'avais la pétoche. Mais c'était mieux que de trembler toute l'année.

– Tu ne verras personne, mais tu seras protégé à tout moment. Je mets sur ton cas la Police de la Drogue. Le directeur de l'école et des groupes de parents sont d'accord avec ma décision.

J'avais peur.

Je me suis tu.

Je n'ai parlé ni à Jeff ni aux parents. Le shérif avait demandé mon silence absolu. Je savais la frayeur de Mamá quand on mentionnait « drogue ». Savoir que c'était près de moi, de nous, chaque jour, à l'école, lui aurait fait trop peur.

Vendredi, je me suis levé très tôt.
– L'école n'ouvre pas maintenant, m'a dit Mamá.
– J'ai beaucoup de travail aujourd'hui...

Et je suis parti.

En approchant de Loady Lane, j'avais des pensées rapides, mélangées, contradictoires et je scrutais la colline pour apercevoir des voitures de police.

Rien.

Dans la petite rue, deux types avec des lunettes noires s'appuyaient contre une camionnette grise. Ils avaient calculé juste. On était seuls.

Ils m'ont immédiatement serré de chaque côté.
– Salut Pérez ! Voilà le job. Tu vas récupérer dans ta boîte les noms de ceux qui aiment les « achats ». Tu leur dis que toi tu connais un « magasinier ». Tu prends les commandes. Tu touches trente « buck » par nom. Tu fais le serveur. Et tu encaisses dix pour cent, quand c'est bouclé. Tu t'inquiètes pas de la couleur

des peaux. C'est tout bon. Ça commence aujourd'hui.
– Et si je refuse ?
– Si tu refuses ? On ira dire bonjour au copain Jeff d'abord, à la frangine ensuite, aux vieux plus tard. Et pour finir, toi. Tu l'as oubliée la cicatrice sur l'épaule ?
– Et qu'est-ce que c'est votre « bonjour » ?
– T'occupe pas de ça. On dit bonjour jusqu'à ce qu'on nous réponde. T'es venu. T'es poli.

Tout à coup, quatre policiers se sont retrouvés à la hauteur de notre groupe et ont braqué leur pistolet dans notre direction.
– Par terre, tout le monde. On bouge plus. Alfredo Pérez, c'est qui ?
– Moi.
Et ils m'ont mis à l'écart. Puis, ils ont passé des menottes aux deux types :
– Alors, on fait du recrutement ?
Personne ne répondait.
– On peut voir vos poches ?
Les policiers ont sorti de nombreux petits paquets de poudre blanche, de pilules, de feuilles sèches, soigneuse-

ment pliés dans des sacs en plastique, et deux revolvers.

Les policiers ont fait un signe de tête pour me dire au revoir. Les types m'ont regardé avec des yeux froids et indifférents :

– A bientôt pour un « bonjour », Pérez. Il faut pas causer quand on dit de la boucler.

Un des policiers a répondu :

– Nous aussi on est contents de dire bonjour. Début de politesse à Loady Lane.

Pendant la matinée, je ne pouvais pas me concentrer. J'ai répondu n'importe quoi aux profs d'histoire et de mythologie.

Isabel m'a remercié pour mon calme. J'ai essayé de savoir qui étaient ces deux types qu'on avait arrêtés. Isabel m'a dit : « Deux gouttes de boue dans les torrents de saletés qui coulent autour des jeunes. Mais c'est toujours ça de moins. »

*
**

Jeff m'attendait pour manger son

énorme sandwich, son « sous-marin » bourré de jambon, de saucisson, d'olives, de tomate, de tranches de dinde et de deux sortes de fromage. Quand son sandwich l'aurait apaisé, on parlerait.

Je voulais avoir son avis.

– Ces types devaient être des beaux morceaux. La police de la drogue ne s'amuse pas à faire du théâtre pour les petits poissons. Ils savaient qui ils cherchaient. Ce n'était pas des numéros 1, 2, 3, eux ne se font jamais prendre. Ils sont bien protégés. Mais c'étaient des 10, 11, d'après ce que tu me racontes. Des super-organisateurs super-informés qui recrutent dans les écoles et qui n'ont pas peur de donner des coups pour réussir. Alors, tes méga-représentants seraient venus me rendre visite?
– Comment ils ont su qu'on était copains? Mystère. Et qu'est-ce qu'ils t'auraient fait?
– Me manger mon sandwich! Ou détruire la machine à Coca-Cola de l'épicerie! Rien de plus grave...
– Rigolo, Jeff. Mais tu oublies que ces types avaient des revolvers...

Plus de menaces. Plus de rendez-vous.

Tout le trafic à l'école continuait, bien sûr. Mais j'étais hors du circuit. On m'avait enfin oublié.

⁂

Mamá avait parlé à Mrs. Melrose de mon intérêt pour les jolies choses. Elle m'invitait à voir ses collections.
– Mais j'espère que votre fils est discret...
Mamá l'avait assurée que je réussissais très bien en classe, que j'étais très intelligent, très respectueux des adultes, que je ne dérangerais pas son fils, et que je gagnais bien ma vie dans des Ventes.
– Oh! avait dit Mrs. Melrose.
Quand Mamá m'a raconté tout ça, elle redressait le cou et me regardait avec affection.
Je l'aurais griffée. Pourquoi Mamá avait-elle raconté des sottises pareilles? J'étais gêné pour Mamá, pour moi; elle me rendait ridicule.

J'y suis allé.
Mrs. Melrose connaissait l'origine et la valeur de tout ce qu'elle possédait. J'ai soulevé quelques objets pour voir les

signatures. J'ai deviné le lieu de fabrication d'un vase en verre rosé. Mrs. Melrose m'a félicité d'avoir deviné juste. Je me suis amusé pendant deux heures avec elle. Je pouvais tout examiner, toucher, tourner, caresser. Elle me posait des questions sur mon goût pour les beaux objets.

J'ai mentionné l'assiette de Quetzalcóatl.

– Un objet que l'on connaît bien et que l'on aime peut remplacer toute une collection, m'a dit Mrs. Melrose.

A quoi j'ai répondu :

– Il me faudra plus d'un objet pour avoir un métier qui me fasse vivre.

Pendant que je discutais et regardais, je pensais à Mamá qui nettoyait cette maison. Elle ne savait rien des collections. Que ça brille, et qu'elle ne casse rien, c'était son boulot. Rien d'autre.

J'ai remercié Mrs. Melrose qui me signalerait les projets de Vente sur Montecito. J'étais prêt pour n'importe quoi. Trier des garages, nettoyer des sous-sols, arranger des mini-expositions d'objets sans valeur pour les rendre attrayants, et si on me le permettait, aider des antiquaires.

– Oui, les gens déménagent très souvent en Californie. Il y a toujours du tri, des paquets, des choix d'objets à garder ou à vendre. Vous êtes encore bien jeune, Alfredo, mais vos questions et vos intérêts me montrent que vous êtes un jeune garçon peu ordinaire. C'est promis, je me souviens de votre offre.

Mrs. Melrose ne m'a jamais parlé de son fils, et, bien sûr, je n'ai rien demandé.

Même si ça me faisait honte, j'ai dit au revoir à Mrs. Melrose, pas à Mamá. Elle était à quatre pattes, peut-être, cirant un parquet. Pour le moment, Mamá était mon passé. Elle était ex-illégale. Je regardais la peau sombre de ma main. De nouveau, je ne voulais plus être mexicain, mais un jeune gringo bronzé dont le passé est enfoui avec ses souvenirs. Mamá... Elle était loin de moi, juste à côté de moi.

*
**

Peu de temps après, Mrs. Melrose m'a trouvé un job. Pas le plus glorieux, bien sûr. Il ne s'agissait pas d'estimer des meubles et des bijoux rares. Heureusement d'ailleurs!

Des amis déménageaient à Montecito. L'immense garage des Davies était dans le même désordre que celui des Mexicains de mon quartier. En plus grand et avec plus de choses.

Mon travail : faire un premier tri. Ne rien jeter. Faire des piles, des catégories d'objets. Quelqu'un viendrait après moi pour s'occuper de la présentation, et des prix.

J'étais tranquille dans mon garage. J'avais formé mes catégories : vêtements, appareils ménagers, affaires de bureau, jardinage, produits d'entretien, jeux, sports, fêtes... Et je rassemblais les objets. De temps en temps, j'avais la visite de Mr. Davies qui m'apportait du jus de mangue et des biscuits. Il jetait un coup d'œil bienveillant sur mon travail.

– Vous allez faciliter la tâche des autres. Mais quel désordre nous avons laissé s'accumuler! C'est effrayant! Inadmissible! On bourre dans le garage et on rachète dans la maison. C'est le problème de tout le monde aux États-Unis.

Mon fils a fait l'acquisition d'un nouveau vélo, qu'il n'utilise jamais parce qu'il a une voiture, et ceux-ci étaient tous les trois en parfait état. Et quatre machines à écrire! Incroyable! On aurait pu s'en débarrasser plus tôt puisqu'on a deux ordinateurs. Et ces téléphones! Une collection...

J'ai trouvé deux grille-pain et cinq fers à repasser presque neufs. Je savais que Mamá en avait acheté à L'Armée du Salut. Il fallait maintenir le bouton du grille-pain avec un élastique pour que le ressort ne saute pas tout seul. Et des giclettes d'eau brûlante chargée de rouille sortaient du fer à repasser lorsqu'on le mettait à la plus haute température. J'ai demandé à Mr. Davis si, un peu avant la Vente, je pourrais avoir le droit de racheter un grille-pain et un fer à repasser.

– Les racheter? Vous blaguez! Choisissez tout de suite. Vous êtes évidemment sous-payé pour votre travail. Ma femme calcule chaque dollar comme si nous étions à la rue. Je vous en prie, servez-vous.

Pour lui, il fallait simplement vider le garage. La Vente était une occasion de ne pas tout jeter sans trier dans une immense benne d'ordures.

J'ai donc apporté à Mamá un grille-pain et un fer à repasser.

– Je n'ai rien volé, Mamá!! C'est un cadeau de Mr. Davies.

Mamá ne me croyait pas. Pour elle, mon travail était suspect.

J'ai crié :

– Je n'ai rien pris. C'est un job! Ça me prépare pour mon métier. Ce n'est pas comme si je vendais de la drogue!

Je me suis mordu la langue. Mamá avait bien entendu. Et elle a commencé une de ses longues engueulades bienfaisantes et énervantes. « Si j'apprends que tu as à faire avec les gens de la drogue, je te tue, Alfredo. Je te crève les yeux avec des aiguilles à tricoter. Je te fais griller dans mon four. Je t'étouffe avec un oreiller dans ton lit. »

Papá, qui regardait la télévision, répétait en écho ce que disait Mamá.

Et de nouveau un mélange de colère et d'affection se mêlait en moi. « Heureusement que Mamita pense à moi. Mais quand me prendra-t-elle enfin au sérieux? »

***

Mon rangement du garage était presque fini.

J'ai aperçu soudain dans un angle un petit carton marqué : FRAGILE. Je l'ouvrais avec soin, j'enlevais les journaux. Roulé dans un tissu, un bougeoir en forme d'iris. A côté, un coffret rectangulaire garni de velours pourpre. Au fond brillaient douze cuillères d'un or tirant sur le rouge. J'examinais le tout au soleil. Le bougeoir était en verre transparent avec des reflets d'arc-en-ciel. Mais je trouvais les tons trop forts, trop brillants, trop agressifs. Les rebords des pétales étaient durs. Sans doute ce bougeoir était une imitation de ceux de Boston, dont j'avais vu des originaux de 1850 chez l'antiquaire. Quant aux cuillères, elles devraient sûrement passer par le commissaire-priseur.

Je ne pouvais pas laisser tout ça dehors. J'entrais dans la maison.

Mr. Davies brossait les poils de son chien dans son bureau.

– Des cuillères de notre mariage!! En vermeil. Notre mariage date de si longtemps... On croulait sous les cadeaux... Ma femme ne les a jamais aimées, ces cuillères : elles venaient du côté de ma famille. Les mariages... Vous venez de réveiller des souvenirs de trente ans. Un si jeune homme qui travaille avec conscience et honnêteté, c'est rare. Je serais heureux de vous recommander à des connaissances. Un jour, vous n'aurez pas à gratter dans les déchets des autres, mais vous vendrez ce qu'ils ont de plus précieux.

Je l'ai remercié et lui ai dit que telle était mon intention...

Nous avons bu ensemble un mélange de jus de fraise, de citron vert et de banane qu'il avait préparé lui-même.

Puis il m'a proposé de faire estimer *mon* bougeoir chez un antiquaire si ça m'amusait. Sa femme objectait qu'on ne laissait pas des trésors dans les mains de n'importe qui.

– Il n'est pas n'importe qui! Alfredo travaille ici après sa classe, le week-end. C'est Judith Melrose qui nous l'a recommandé. Alfredo est entré dans la maison où vit son fils, c'est une référence, non? Alfredo estime d'ailleurs que le bougeoir n'a pas de valeur. Et tu l'avais aban-

donné au garage ce trésor, ainsi que les cuillères...

Cette chasse aux trouvailles me passionnait. J'ai eu de nouveau une immense satisfaction à découvrir, dans le fouillis des autres, quelque chose d'oublié ou d'ignoré.

J'ai raconté l'histoire à Catarina qui ne m'a pas félicité, mais engueulé. (Elle m'assure bien qu'elle ne veut pas ressembler à Mamá, pourtant elles ont un point commun : la même voix quand elles se fâchent.)

– Si tu sais déterrer les merveilles des autres, il faudra un jour te faire payer correctement. Les trésors enfouis n'ont une valeur que si on les met au jour. Toi, tu as le nez et l'œil pour ça! Demande des pourcentages à ceux qui t'embauchent.

Le bougeoir n'avait que peu de valeur, comme je l'avais prévu. Mr. Davies voulait me donner quatre pour cent sur le prix de la vente des cuillères. Sa femme a longuement discuté, puis accepté.

J'ai assisté aux enchères qui avaient lieu dans l'hôtel Biltmore, le plus beau de la ville avec quatre piscines, des palmiers, des massifs de fleurs, sur une falaise en face de l'océan. La montée des enchères avait été chaotique, agressive. Je l'avais suivie avec anxiété.

Après la vente, plein de culot, je me suis approché de l'acheteur, un très vieux monsieur chauve au visage cireux.

– Pourquoi vous intéressez-vous à ces cuillères, jeune homme?

– Parce que je les ai découvertes. J'ai vu qu'elles avaient un dessin et une forme peu ordinaires.

Et puis je lui ai parlé de ma vie, de mes projets, puisqu'il me le demandait. Il s'intéressait à moi, m'accueillait. Peut-être, je le rajeunissais.

A son tour, il m'a dit pourquoi il était si content.

– Quatre douzaines de ces cuillères sont encore en Angleterre chez le descendant de lord Brome. Deux douzaines ont traversé l'Atlantique. Je les croyais incomplètes. Et maintenant l'une sort de ce garage. Étrange destin. Alfredo Pérez... Vous êtes mexicain... Vous pourriez être américain, jeune homme. Je me souviendrai de votre nom.

Ma chance tournait dans la bonne direction. Je regardais ma main sombre, et je la mettais sur mes lèvres. Même si j'entrais de jour en jour dans le monde des gringos, je suis et serai mexicain. Ils m'accepteraient moi et ma peau.

Et je savais aussi le courage qu'il me faudrait pour m'éloigner du monde de mes parents et tracer ma vie.

# Chapitre 7

Entrer dans l'équipe de rédaction du journal de l'école, devenir président d'un club de sport, ou me faire élire dans un conseil de classe, cela ne m'intéressait pas. Je n'avais pas envie non plus d'écouter des groupes de rock. J'y serais bien allé une fois pour retrouver une ambiance bruyante qui m'aurait changé de mon travail, de mon silence à la bibliothèque. Mais il y avait souvent des gangs. Et la drogue passait en douce. Moi, j'avais peur. Je ne voulais le dire à personne. Pour un garçon mexicain, dire « j'ai peur », c'est la honte pour toujours. Je trouvais des excuses quand on m'invitait : j'ai une interro..., je vais bientôt avoir des examens..., mon père m'a demandé de réparer des trucs dans la maison.

Catarina, elle, comprenait ma peur.

– Tu veux éviter les coups? Rien de grave. Tu n'as pas de muscle!

Et je ne faisais rien pour en avoir...

Je vivais avec mon projet.

*
**

A Santa Barbara, il y a sept magasins d'antiquités. L'un d'entre eux m'avait intrigué parce que je le trouvais très mystérieux, très fragile. Il appartenait à une jeune femme. Sa spécialité : les objets en verre.

Quand j'y suis allé, Miss Watson a été heureuse de me faire visiter son magasin. Elle attrapait du bout des doigts, comme entre des pinces, ses objets qui laissaient passer la lumière, la retenaient, la coloraient.

Elle m'a appris à reconnaître le vrai du faux. Les éclats opalescents trop contrastés indiquaient probablement des verres faux. Et du bout du doigt, elle

m'a appris à sentir le contour des sculptures :
– Le bec de ce héron est tranchant, c'est certainement une reproduction. Faites la comparaison avec celui-ci.

J'ai étudié de nombreuses heures avec Miss Watson. Comme Mr. Meijian, elle m'a invité à revenir aussi souvent que je voulais. Aussi, quand j'avais un peu de temps libre, j'allais vite chez elle. Est-ce que j'aime le verre à cause de la peau transparente, blanc rosé de Miss Watson ou à cause des veines bleutées sous ses poignets? Je ne sais plus.

De nouveau, j'avais de la chance avec des gringos. Ils m'expliquaient, m'encourageaient, sans s'inquiéter de la couleur de ma peau et de la forme de mon nez.

⁂

J'étais sans cesse en quête de trouvailles.

A L'Armée du Salut, je recherchais si, par hasard, un vieux jouet, une tasse, une poupée ancienne leur avaient été remis. D'un coup d'œil, je reconnaissais la camelote.

Le week-end, je me baladais de Vente en Vente. Je fouinais.

J'ai trouvé, dans une casserole en aluminium dont j'avais soulevé le couvercle, une tirelire vide en forme d'éléphant. Je l'ai retournée pour voir une date, une signature. Restait à savoir si ce n'était pas un faux. Le décor du tapis sur le dos de l'éléphant était peint avec grand soin, et de nombreuses nuances de couleurs. Sous son ventre, il y avait une clé minuscule. Elle faisait tourner la trompe. J'ai acheté ma trouvaille pour un dollar cinquante.

Mr. Meijian, émerveillé, l'a prise dans ses mains.

– Ne vendez pas cette tirelire sans en avoir déterminé le prix, Alfredo!

Je l'interrogeais. Il me donnait des réponses vagues.

– Ne la vendez pas, vous dis-je. Et ne me tentez pas avec vos découvertes. Vous êtes si naïf, et vous avez en même temps une telle intuition des objets uniques, qu'il serait facile pour moi de vous exploiter. Gardez cette tirelire. Un jour, vous saurez décider le prix tout seul.

Je cachai ma trouvaille chez moi. Après des engueulades énormes sur mon barda, Mamá avait promis de ne pas déranger mes objets dans la longue caisse sous mon lit.

Une autre bonne affaire, en commun avec Catarina : j'avais déniché une danseuse en bois avec une tête en porcelaine et des meubles de maison de poupée : une armoire à glace, un lit à arceaux, une table avec des couverts, un minuscule piano. Catarina a acheté tout ça pour huit dollars. Elle a tout revendu pour soixante-deux dollars.

– Nous, on peut parler d'affaires, Alfredo. Les parents n'ont même pas encore compris comment marchent les banques. Depuis que Mamita paie tout comptant, elle garde ses économies dans une enveloppe sous une poêle à frire.

Catarina a mis de la publicité auprès des agences immobilières. On offrait une aide bon marché, efficace, honnête. On avait des références : deux antiquaires et deux propriétaires de maison à Montecito.

On avait désormais du travail chaque week-end. Du travail sale, parfois dégoûtant. Mais tout en fouillant dans les saletés, on faisait des découvertes. Et je pensais à louer une place dans un garage pour y mettre les trouvailles que je voulais garder.

On parlait peu avec les parents. « C'est bon... J'ai froid... Est-ce que tu peux me repasser ma chemise?... Qu'est-ce que vous allez faire dimanche?... Ça va? » Et ces questions étaient suivies d'un grognement comme réponse. On mangeait vite pour ne pas rester longtemps les uns près des autres, coincés autour de la table. Un silence total aurait été trop pénible. Nos phrases avait un seul but : garder l'illusion qu'on pouvait discuter.

Tout ce que Mamá aimait, la famille, l'église, les fêtes, les voisins, ça nous intéressait de moins en moins.

Catarina évitait les amies de Mamá. Comme notre mère, elles attendent que leurs filles rencontrent un gentil et courageux garçon, un futur mari. Après tout, elles aplatissaient et arrondissaient bien les tortillas! Les filles rêvaient mariage. Ma sœur pensait budget.

Quand ma mère avait préparé un repas avec plus de soin que d'habitude, je m'efforçais de rappeler quelques sou-

venirs de notre départ, de notre passage de la frontière, de Scott McGregor. Les parents souriaient, heureux de m'entendre parler en espagnol. Ou est-ce qu'ils faisaient semblant ? Parfois, Mamá lisait une lettre de sa sœur qui donnait des détails sur les cousins, sur son nouveau mari à Mexico. Catarina et moi, on écoutait à peine. C'était très loin.

L'anglais m'isolait des parents mais devenait le langage de mes objets. C'était pareil pour Catarina. Elle ne savait aucun mot de finance en espagnol.

L'église s'éloignait aussi. La Vierge de Guadalupe avait retraversé la frontière. Le Dieu en croix n'avait plus de sens. Il nous obligeait à baisser la tête pour contempler un banc d'église.

Mais je respectais le Reposoir de Mamita; quand elle était à genoux, j'évitais de faire du bruit.

*
**

Non, les parents n'étaient pas résignés.

Non, les parents n'avaient pas la tête baissée.

Oui, les parents savaient encore faire des projets.

C'est Catarina et moi qui ne savions ni entendre ni comprendre.

Voilà.

Mr. Yotokawa n'était plus content du travail de Papá. Il ratait des journées parce qu'il se levait tard. Il arrivait endormi. Il travaillait de moins en moins vite.

Papá buvait de plus en plus de bière, passait tout ses week-ends à regarder la télévision, seul.

Quand Mamá lui chantait :

> Sin un amor
> La vida no se llama vida...

Papá lui disait d'arrêter ses bêtises. Lui ne chantait pas. Il ne m'appelait plus le second homme de la famille. Prendre la nationalité américaine ne l'intéressait plus.

Je me demandais parfois ce qui avait tué Papá. Est-ce que c'était le grand voyage? Les États-Unis? Moi? Son métier?

Catarina me répondait :

– Ça, c'est les problèmes des parents.

Mr. Yotokawa a renvoyé Papá.

Papá a dit : « Tant mieux! J'attendais ça depuis longtemps. J'en ai assez du gazon des gringos. J'ai passé la frontière et j'en crève. »

Pendant quinze jours, mon père est resté hagard devant la télé.

Mamá a pris vite et seule une décision : ils iraient faire des ménages ensemble.

Quand Mamá a offert son projet à Papá, il était furieux.

– Tu veux que je fasse du travail de femme ! Tu veux devenir le chef de famille ? C'est pour cela que tu m'as fait venir aux États-Unis ? Pour que je ne sois plus un homme ?

Mamá a laissé passer l'orage. Elle s'y attendait. Mais elle avait bien calculé. Si tous les deux pouvaient se présenter comme équipe professionnelle de nettoyage, donner un air « business » à leur travail, ils augmenteraient leur gain horaire de quinze pour cent.

Je crois aussi que Mamita avait envie d'avoir Papá près d'elle, de travailler avec lui.

– Pablo Pérez, nous avons tous besoin de toi.

Après beaucoup de « Jamais ! non, jamais ! », Papá a accepté les projets de Mamá.

Mamá lui apprendrait à devenir spécialiste des salles de bains et des douches, ce qui prenait le plus de temps dans l'entretien des maisons. Les Américains sont très maniaques pour ça.

Son apprentissage a commencé chez nous.

Mamá faisait l'inspection. Même ébréchée, même avec des carreaux disjoints, il fallait que la salle de bains soit impeccable. L'« air propre » ne suffisait pas. Mamá connaissait tous les points « délicats » : les angles et le plafond de la douche. Le dessous du lavabo. Le tour des robinets. Ça n'avait jamais été aussi propre.

Papá devrait arrêter de fumer en travaillant. Ses vêtements, être propres. Mamá ne partait jamais faire ses ménages sans se changer. Papá serait impeccable aussi, lavé et rasé tous les jours.

Catarina et moi ne savions pas si on devait rire ou avoir honte, ou reconnaître que Mamá avait eu une idée formidable.

Pendant deux mois, Papá n'a exprimé ni joie ni rage. Mamá lui parlait. Papá suçait des chewing-gums et mangeait des bonbons au café pour oublier la sensation atroce d'être privé de tabac. De temps en temps le soir, il grognait : « C'est Madame Elvira Pérez qui m'a embauché. »

De mon côté, j'ai fait de la publicité auprès des deux antiquaires. Catarina a fait mettre une annonce dans le journal, à paraître pendant un mois : NETTOYAGE

PROFESSIONNEL. RÉFÉRENCES EXCELLENTES. PRIX RAISONNABLE.

Mentionner des noms à Montecito, le quartier riche de la ville, a eu un pouvoir très efficace.

***

Ce matin, après avoir bu son café, Papá a chanté :

> Tierra de mis recuerdos y mis quereres
> Donde vivi feliz mi juventud...

– Tu as entendu, Alfredo? m'a dit Mamita. Tu as entendu ça! Des mois et des mois que j'attendais.

Et elle a chanté et sifflé en écho :

> Sin un amor...

***

Nos parents étaient devenus des professionnels du nettoyage de maison. Ils avaient des clients et un compte en banque, que Catarina leur avait appris à gérer.

Papá avait bricolé la voiture pour installer leur matériel. La voiture dont il s'occupait peu était devenue son passe-temps. Il la lavait, la cirait, l'entretenait.

Dans des Ventes, j'avais récupéré des produits d'entretien, un escabeau, des balais, de jolis tissus pour faire des torchons. Je leur avais trouvé un aspirateur presque neuf avec toutes sortes de têtes adaptables pour passer sur les plinthes, les angles, les fauteuils... Les parents étaient équipés et à leur compte. Mamá essayait son anglais. « Je veux répondre au téléphone. C'est mes clients. Mon téléphone. »

Papá buvait moins de bière, mais continuait à parler seulement en espagnol.

*
**

– Le fils de Mrs. Melrose est sûrement malade, a dit Mamá. Maintenant, elle ne quitte plus la maison, va de sa chambre à celle de son fils où je n'ai toujours pas le droit d'entrer. Elle cuisine! Ils ne sortent plus pour dîner en ville.

Mamá lui a demandé franchement ce qui se passait.

– Ça va être la fin, Elvira, a-t-elle dit en se voilant les yeux d'un mouchoir. Bientôt son cerveau sera mort.

Un jour, elle a invité Mamá à entrer dans la chambre.

Des bouquets de fleurs roses et blanches ornaient la pièce. Près du lit, des tas de médicaments.

Son fils était étendu sous un couvre-pieds de satin mauve. Sa tête était fripée, pâle. Il ne bougeait pas.

Mamá a aperçu, dans un meuble aux portes de verre biseauté, une photo : une jeune Mrs. Melrose, en robe de mariée, souriant à un homme en smoking, au visage long et mince, les cheveux soigneusement lissés, les cils sombres, les lèvres minces.

Mamá a simplement dit :

– Vous devez souffrir beaucoup.

– Mon mari aussi a beaucoup souffert. Mon fils a hérité de la même horrible maladie.

Papá et Mamá ont fini leur travail. Papá ne voulait pas entendre parler de ce qui se passait à l'étage. Ça le dégoûtait ou ça lui faisait peur, je ne sais pas.

*
**

Après l'enterrement de son fils Frank, Mrs. Melrose a voulu quitter sa maison, se débarrasser de ses collections, et endormir sa vie, loin.

Catarina et moi, on n'était pas tristes de cette mort... Pas du tout... Jamais malades, on travaillait pour notre avenir. Nous n'étions plus des bébés, passé l'âge d'un an. Être dorloté, enfermé mourant dans une chambre décorée, fleurie, pleine de jouets, ça paraissait irréel.

J'avais rêvé de ce type lorsque Mamá nous en parlait. Frank mort, les rêves disparaissaient.

Quinze jours après l'enterrement, Mrs. Melrose avait demandé aux parents si nous voulions aider pour le déménagement et la Vente.

La mort de son fils, c'était notre aubaine.

On ne disait rien aux parents, mais on en parlait avec Catarina. Sans honte. Sans regret. Sans mauvaise conscience. Le job était superbe. Nous avons demandé le salaire habituel. Mrs. Melrose nous a offert quatre pour cent sur la Vente à domicile. Nous avons accepté.

Elle a fait venir un antiquaire et un commissaire-priseur pour une expertise. Je les regardais discuter, examiner, estimer. Les trois quarts des objets ont été retirés pour la vente aux enchères qui aurait lieu à l'hôtel Biltmore.

Après cela, Mrs. Melrose a loué une chambre dans un motel pour ne pas être témoin de l'effritement de sa maison.

Deux jeunes femmes se sont occupé de la Vente à domicile. Avec nous.

Catarina et moi, on savait maintenant comment trier et présenter les petits objets quotidiens pour qu'ils soient achetés rapidement. Mais, ce qui avait été déclaré « sans valeur » était infiniment plus beau que nos Ventes habituelles.

Nous avons organisé des coins, mis les étiquettes. Les jeunes femmes décidaient des prix. Il fallait qu'en quelques minutes les gens sachent où aller, trouvent ce qu'ils cherchaient. Ou se laissent attirer par une bonne affaire.

Non, ce n'était pas difficile de présenter les « petits riens » de Mrs. Melrose. Tout était propre, en bon état. La plupart du matériel de cuisine n'avait jamais été utilisé. Ses objets de toilette, exquis. Les torchons, neufs. Ses draps, ses robes de chambre, ses couvertures étaient brodés. Certains vases, sa vaisselle, et les meubles laissés par l'antiquaire étaient des copies de haute qualité.

J'ai trouvé en haut d'un placard trois gros paquets de photographies dans un carton à chapeaux à rayures bleu-vert et roses. Les couleurs du clocheton de ma première école et du collier de Señora Gomez. Les couleurs du Serpent-Roi dans le Yucatán.

Les photos étaient splendides. Des visages et des costumes des années 40. De jolies femmes près de piscines. Des hommes aux cheveux gominés derrière le volant de voitures immenses. Des salons avec des tables couvertes de bouteilles de champagne. Des gens qui dansaient entourés de confettis. Des bals masqués. Des acteurs en costume devant des caméras. Des dizaines de portraits.

Qui était Mrs. Melrose? Qui était-elle réellement?

Cette collection de photographies ne pouvait pas être vendue comme des objets anonymes.

J'ai téléphoné à Mrs. Melrose.

*
**

Venus de l'océan, les cris des mouettes se mêlaient aux chuchotements des palmes.

Pavillon 46, entouré de bougainvillées mauve et pourpre.

– Voilà ce que j'ai trouvé dans le garage, Madame Melrose. Pourriez-vous me dire ce que je dois faire de ces photos?

– Il aurait été aussi bien qu'elles disparaissent, Alfredo. Frank en mourant a fait mourir ce qu'il restait de moi. Je m'en vais, comprenez-vous? Je ne veux rien de mon passé. Ne me rapportez pas ce que je veux oublier.

Elle a posé sa main sur ma joue. Cela m'a donné un frisson : ses doigts étaient très pâles, ridés, glacés.

Puis elle a commandé par téléphone des jus de fruits et des petits gâteaux.

– Asseyez-vous, Alfredo. Ces deux jeunes femmes de la Vente ont mal trié, mal trouvé. Peut-être parce qu'elles ne cherchaient rien.

« Lorsque j'avais seize ans, les frères Warner de Hollywood me payaient pour être leur actrice. J'existais pour des caméras dans un monde artificiel. J'ai gardé ce goût du décor dans mon costume, dans les lieux où je vivais.

« Longtemps, mon visage a été préservé comme les metteurs en scène le désiraient : un objet toujours jeune. »

Là, elle a couvert son visage de ses mains. Puis elle a continué :

« J'ai vécu dans la hantise des poches sous les yeux, des rides sur le front, d'une peau qui s'affaisse. J'avais besoin de croire à la jeunesse éternelle d'un corps souple, lisse, flexible.

« Alfredo, je suis loin des illusions où Hollywood me fêtait.

« Pas Judith Melrose, mais Kim Clark, la " petite reine ". Hollywood... Le salon où je recevais, à Beverly Hill, était garni de tapis en plumes blanches, de soieries peintes, d'immenses corbeilles remplies en toutes saisons d'orchidées et de roses cuivrées, rouges, blanches dans lesquelles le soleil pénétrait, doré, réveillant les parfums que je faisais venir de Paris. Je n'en finissais pas d'ajuster les miroirs pour me voir sous tous les angles. Il était une fois... avant la mort de mon mari et celle de mon fils... Vous êtes venu et cela me fait un grand plaisir de vous parler. Vous êtes si jeune. »

J'étais à la fois curieux, agacé, dégoûté par cette vieille dame qui m'invitait à me souvenir avec elle d'un monde de luxe et de rêves que j'avais à peine deviné en regardant des livres. Mais je sirotais du jus de fruits dans le salon attenant à sa chambre. Je possédais ses photos. Il faisait frais. Une odeur exquise de fleurs et de parfum flottait vers moi. J'étais bien.

Elle a continué :

« Mon mari venait au studio avec moi. On nous transportait dans une limousine. Et moi, toutou soigné, peigné, dressé, je mettais mes pattes sur le rebord de la fenêtre, humant l'air tiède.

« Mais je vieillissais, fardée, masquée. Et je le savais. Les frères Warner insistaient pour me faire jouer, même à vingt-huit ans, des rôles de petite fille. Finançant tout, ils dirigeaient tout. On obéissait. Eux me voyaient en petite fille. Je me voyais en femme. Je jouais de plus en plus mal. Mes films continuaient à se vendre. Cela ne durerait pas.

« Et pendant que ma carrière s'effritait, je ne me doutais pas que cette maladie était en train d'attaquer sournoisement le cerveau de mon mari.

« Lorsque les signes sont devenus clairs, j'ai décidé de quitter Hollywood. J'ai changé de nom. Je ne voulais revoir personne.

« Je suis venue m'installer à Santa Barbara. Mon rôle de star était fini. Frank est né. J'ai aimé la plage solitaire, proche de chez moi, les gris rosés des brouillards matinaux et les jours éclatants, lorsque l'océan et le ciel font une masse gigantesque d'espace bleu.

« Pendant que Frank grandissait. Mon mari mourait.

« Puis Frank est tombé malade à son tour. La même maladie. Je savais que ce serait lent, atroce, irrémédiable.

« Je ne veux pas voir ces photos. Aucune. Kim Clark était un corps en mouvement devant une caméra. Judith Melrose était devenue metteur en scène chez elle. Pour mon mari. Pour mon fils. Et pour moi. J'ai adouci leur mort, et ma peine. »

Mrs. Melrose contracta les muscles de son cou pour maintenir droit le port de sa tête.

– Et maintenant, la maison et le décor où ils ont vécu disparaissent et je m'en vais. Alfredo, vous travaillez. Vous forgez votre vie, et c'est difficile. Bonne chance. Les photos, je vous les donne.

Elle m'a embrassé. Et j'ai de nouveau senti cet horrible frisson.

***

Je suis allé tout de suite à la bibliothèque en sortant du motel. J'ai trouvé la section du cinéma. Hollywood. Je sortais des livres et mes photos. Je les comparais. Oui, Kim Clark. C'était bien elle. Kim Clark des studios Warner. Je trouvais la liste des films où elle avait joué, les photos d'acteurs avec qui elle avait tourné. Quelques commentaires de critiques sur les rôles de petite fille.

Plumes, soie, miroir, caprices, décor,

studio, limousine : je devinais sa vie. Pas beaucoup plus.

Vendre ces photos? Marchander les souvenirs d'une vie soudain me dégoûtait.

*
**

Catarina était très contente de mon histoire.

Sans hésiter, elle a dit :

– Demande à Mr. Meijian de te mettre en contact avec des collectionneurs pour savoir qui offrirait le plus pour ces photos. Il faut t'en débarrasser. Elles sont trop fragiles pour les garder dans la maison.

– Et si on vend ces photos, Kim Clark renaît. Mrs. Melrose ne veut plus de son passé.

– Et alors? Je n'ai jamais vu ni Kim Clark, ni Judith Melrose. Tu laisses passer les bonnes affaires, Alfredo! a crié Catarina. Papito! Papito! Papito encore! Tu fais des trouvailles et tu les exploites n'importe comment. On crée un business pour s'enrichir.

– Par moments, les dollars je m'en fous, comme Jeff.

– Dingue, Alfredo! Rares ou pas rares, je veux un prix sur ces photos. Il y a peut-être une fortune là-dedans. Je m'occupe de tout.

J'ai crié :

– Et l'assiette du Yucatán, occupe-t'en aussi!!

Grave, Catarina a répondu :

– Il y a des choses dont il ne faut pas demander le prix, parce qu'elles ne se vendent jamais.

*
**

Intimidés, on était tous les deux assis devant le chèque ÉNORME de la vente des photos :

– J'ai une idée, Catarina...

– Une idée à la Papito...? a demandé ma sœur avec ironie.

– Oui et non. Si on offrait un voyage à Mexico aux parents. Ils franchiront de nouveau la frontière, dans le ciel, « avec éclat ».

– Si par hasard, ils décidaient de rester là-bas? a demandé Catarina, soudain inquiète.

– Ils reviendront. Ils ont leur travail ici. Et s'ils ne revenaient pas, on sait se débrouiller nous deux. Quand on commence un business, on s'occupe de le faire prospérer : c'est la règle du jeu. Ce n'est pas toi, ma sœur, qui vas dire le contraire !...

# CASTOR PLUS

## POURQUOI CASTOR PLUS ?

*Parce que les auteurs ont leur mot à dire sur ce qu'ils écrivent.*

*Parce que nous, éditeurs de littérature jeunesse, sommes soucieux d'enrichir nos ouvrages.*

*Parce que vous, lecteurs, êtes en droit d'attendre de nos livres toujours plus d'informations.*

*Avec Castor Plus, nous ne prétendons pas être exhaustifs sur un sujet, ni sur un genre, mais nous avons l'ambition de vous faire partager notre passion de la littérature sous toutes ses formes.*

*C'est pourquoi, avec Castor Plus, nous avons choisi de donner la parole à des écrivains, des spécialistes, pour qu'ils commentent un genre qu'ils apprécient, dont ils connaissent les spécificités et les chefs-d'œuvre, ceux d'hier, et ceux d'aujourd'hui.*

# Le roman pour la jeunesse

« Toute lecture digne de ce nom se doit d'être absorbante et voluptueuse. Nous devons dévorer le livre que nous lisons, être captivés par lui, arrachés à nous-mêmes, emportés dans un tourbillon d'images animées, comme brassées dans un kaléidoscope. » Ainsi parle Robert Louis Stevenson, l'auteur de *L'Île au trésor*, du plaisir d'une lecture romanesque. Avec lui, laissons-nous entraîner dans les délicieux chemins de la fiction : pur plaisir d'être ici et ailleurs, dans les grands bois du Wisconsin, sur les routes américaines avec les enfants Tillerman, survolant la Norvège avec Nils Holgersson ou pénétrant tout simplement dans l'univers d'un enfant de notre âge et de notre pays, si proche et pourtant autre.

Si le romancier « promène un miroir sur une grande route » selon la formule de Stendhal, il nous renvoie aussi un miroir de nos propres sentiments parfois si confus, de nos émotions contenues, il sait nous éclairer sur nos craintes et nos doutes, donner forme à l'informe de la vie. Il nous parle, comme naguère le faisaient les contes de manière plus symbolique, des difficiles relations familiales, de l'amour, de l'amitié, de la mort aussi et le roman se fait alors roman d'initiation.

Mais il peut aussi nous faire rire, nous communiquer cet humour si indispensable pour appréhender plus sereinement le monde et nos propres difficultés.

Promenons-nous « dans les bois du roman », comme le proposait Umberto Eco. Le champ des productions romanesques est aujourd'hui immense. Il n'en a pas toujours été ainsi.

Le premier « roman » écrit pour un enfant – royal, certes ! – fut *Les Aventures de Télémaque* de Fénelon, roman didactique publié en 1699, inspiré des voyages d'Ulysse, destiné à enseigner morale et mythologie mais déjà roman d'aventure et d'initiation. Le XVIIIe siècle vit fleurir à côté de toute une littérature pédagogique et morale, l'adaptation de grands romans philosophiques destinés aux adultes : *Les Voyages de Gulliver*, de Jonathan Swift ou le *Robinson Crusoé* de Daniel Defoe (objet de multiples adaptations, au cours des siècles suivants).

Mais c'est le XIXe qui vit vraiment naître une littérature romanesque destinée à la jeunesse. Dès 1830 Charles Desnoyers invente dans *Les Mésaventures de Jean-Paul Choppart*, le premier garnement révolté et fugueur. À partir de 1850, dans la Bibliothèque rose, paraissent les romans de la Comtesse de Ségur, évocation d'un monde clos de l'enfance, cependant que se déploie en Angleterre la fantaisie de l'imaginaire avec *Alice au pays des merveilles* de Lewis Carroll, et l'éternel enfant de James Barrie qu'est *Peter Pan*. La fin du siècle voit le succès du roman de l'errance et de l'orphelin avec *Sans famille* d'Hector Malot ainsi que les grandes aventures utopiques de Jules Vernes.

Si le XIX^e^ siècle peut être considéré comme l'âge d'or de la littérature enfantine, dont on publie régulièrement les classiques, certains ouvrages, certains auteurs jalonnent la création romanesque française du XX^e^ siècle destinée aux enfants, et trouvent toujours leurs lecteurs. C'est bien sûr la fable morale du *Petit Prince* de Saint-Exupéry, publié à New York en 1943, l'humour et la satire des *Contes* de Marcel Aymé ou de Gripari, les gags irrésistibles, et le langage enfantin du *Petit Nicolas* de Sempé et Goscinny en 1960. C'est aussi le roman de la vie quotidienne qu'est *La Maison des petits bonheurs* de Colette Vivier (en 1939) ou encore les premières incursions dans un véritable roman policier (loin des séries stéréotypées) avec *Le Cheval sans tête* de Paul Berna (en 1955).

En 1970, la Bibliothèque internationale ouvre le champ des littératures étrangères, offrant ainsi aux lecteurs une initiation à la diversité des cultures et des imaginaires. Depuis sa création en 1980, Castor Poche-Flammarion a largement contribué à cette découverte d'auteurs et de cultures du monde entier en publiant, outre de grands succès de la littérature anglaise et américaine (le merveilleux *Jardin secret* de Frances Hodgson Burnett, *Jonathan Livingston le goéland* de Richard Bach, les romans de James Houston, Betsy Byars, Marilyn Sachs ou Cynthia Voigt), des auteurs allemands comme Hans Baumann, polonais comme Wanda Chotomska *(L'arbre à voile)* ou espagnols comme Carmen Martin Gaite *(Le petit chaperon rouge à Manhattan)*...

Les frontières se sont estompées entre littérature générale et littérature de jeunesse ; des auteurs reconnus s'inscrivent dans les deux registres : Michel Tournier, Daniel Pennac, J.M.G Le Clézio, pour n'en citer que quelques-uns. Seule la poétique diffère, écrit Pennac, la thématique peut être la même.

Depuis les années quatre-vingt, la création romanesque aborde en effet des genres et des thèmes jusqu'alors «réservés». Si l'humour et l'aventure sont toujours de mise, le roman historique évoque les conflits et les drames de notre temps; romans policiers et romans noirs adoptent les recettes et les ressorts de la littérature adulte; les intrigues des romans psychologiques s'inscrivent sur fond de secrets de famille et bousculent à l'occasion les tabous.

Sans doute le monde contemporain, ses angoisses et ses culpabilités se sont-ils introduits dans la fiction romanesque adressée à la jeunesse mais la qualité spécifique de ces textes réside toujours dans un certain mode d'écriture, une voix qui sait raconter, émouvoir sans troubler ni désespérer, et nous initier à la merveilleuse aventure de la lecture. Écoutons encore Stevenson : «Les mots, si le livre nous parle, doivent continuer à résonner à nos oreilles comme le tumulte des vagues sur le récif, et l'histoire repasser sous nos yeux en milliers d'images colorés.»

Flaubert (qui n'écrivait pas du tout pour les enfants) prêtait une couleur à chacun de ses romans. N'y aurait-il pas une couleur propre aux romans écrits pour la jeunesse? À nous de la découvrir, de la savourer.

Claude Hubert-Ganiayre

# Castor Poche

Des livres pour toutes les envies de lire,
envie de rire, de frissonner,
envie de partir loin
ou de se pelotonner dans un coin.

Des livres pour ceux qui dévorent.
Des livres pour ceux qui grignotent.
Des livres pour ceux qui croient ne pas aimer lire.
Des livres pour ouvrir l'appétit de lire et de grandir.

Castor Poche rassemble des textes du monde entier ; des récits qui parlent de vous mais aussi d'ailleurs, de pays lointains ou plus proches, de cultures différentes ; des romans, des récits, des témoignages, des documents écrits avec passion par des auteurs qui aiment la vie, qui défendent et respectent les différences. Des livres qui abordent les questions que vous vous posez.

Les auteurs, les illustrateurs, les traducteurs vous invitent à communiquer, à correspondre avec eux.

Castor Poche
Atelier du Père Castor
4, rue Casimir-Delavigne
75006 PARIS

*Castor Poche, des livres pour toutes les envies de lire: pour ceux qui aiment les histoires d'hier et d'aujourd'hui, ici, mais aussi dans d'autres pays, voici une sélection de romans.*

**832 Les insurgés de Sparte** **Senior**
par Christian de Montella
À Sparte, la loi impose de n'avoir que des enfants vigoureux. L'un des jumeaux de Parthénia est si frêle qu'elle le confie en secret à une esclave émancipée. Mais les deux frères vont se retrouver et s'affronter...

**831 Les disparus de Rocheblanche** **Junior**
par Florence Reynaud
Au IXème siècle, les habitants de l'Aquitaine vivent dans la terreur des vikings, qui saccagent les villages et enlèvent les enfants... Eglantine et son petit frère sont ainsi vendus comme esclaves.

**830 Chandra** **Senior**
par Mary Frances Hendry
À onze ans, Chandra est mariée, suivant la tradition indienne, à un jeune garçon qu'elle n'a jamais vu. Après leur rencontre, ce dernier meurt brutalement: Chandra est accusée de lui avoir porté malchance.

**829 Un chant sous la terre** **Junior**
par Florence Reynaud
Isabelle a douze ans et doit travailler à la mine pour aider sa famille. Mais elle a un don, sa voix fait frémir d'émotion quiconque l'entend chanter. Une terrible explosion bloque Isabelle dans la mine, son don pourra-t-il alors la sauver ?

**828 Léo Papillon** **Junior**
par Lukas Hartmann
Léo, huit ans, souffre de sa maladresse. Il aimerait être léger et beau comme un papillon. Son rêve consiste alors à s'enfermer dans un cocon de fils multicolores, en attendant la métamorphose...

**827 La chance de ma vie** **Senior**
par Richard Jennings
Quand on a douze ans, recueillir un lapin blessé semble bien naturel, voir banal. Pourtant, Orwell est plus qu'un animal... c'est une chance !

**825 Temmi au Royaume de Glace** **Junior**
par Stephen Elboz
Les soldats de la Reine du Froid ont enlevé Cush, un ourson volant qui vit dans la forêt près de chez Temmi. Temmi les suit au Château des Glaces, où toute chaleur est proscrite. Mais des insoumis organisent une rébellion.

**824 Les maîtres du jeu** **Senior**
par Roger Norman
Edward a douze ans. Il découvre chez son oncle un jeu de société qui renferme un mystérieux secret. Il se retrouve plongé dans un terrible engrenage, où le jeu et la réalité se rejoignent.

**823 Akavak et deux récits esquimaux** **Senior**
par James Houston
Akavak, Tikta'Liktak et Kungo l'archer blanc sont esquimaux. Dans l'univers rigoureux du grand Nord, ces héros doivent lutter pour survivre : découvrez leurs trois aventures au pays des icebergs...

**821 Ali Baba, cheval détective** **Junior**
par Gisela Kaütz
Pendant une représentation du cirque Tenner, quelqu'un a dépouillé les spectateurs de leurs portefeuilles. Sarah, la fille du directeur, découvre le butin caché dans le box de son cheval Ali Baba. L'enquête est ouverte...

**820 L'étalon des mers** **Senior**
par Alain Surget
Leif et son père Erick, bannis de leur village de vikings, embarquent sur un drakkar avec Sleipnir, leur magnifique étalon. Leur voyage les conduit d'abord au Groenland, où ils font la connaissance des Inuits.

**819 Mon cheval, ma liberté** **Junior**
par Métantropo
Aux Etats-Unis en 1861, la guerre de Sécession fait rage. Amidou, jeune esclave noir, s'occupe des chevaux d'une plantation. Lui seul peut approcher Stormy, le fougueux étalon, ce qui déclenche la jalousie du fils aîné.

**818 Une jument dans la guerre** **Senior**
par Daniel Vaxelaire
Pierre, fils de paysan dans la France napoléonienne, rêve de devenir un héros. Il part rejoindre les troupes de l'Empereur qui se battent en Italie. Le chemin n'est pas sans danger mais le destin met sur sa route une jument qu'il adopte et baptise... Fraternité.

**817 Pianissimo, Violette!** **Senior**
par Ella Balaert
Violette a dix ans et vient de déménager. Elle se fait bien à sa nouvelle vie. Le seul problème, c'est son professeur de piano : "Le Hibou" lui mène la vie dure et pourtant Violette s'applique !

**816 Pas de panique!** **Senior**
par David Hill
Rob adore les randonnées en haute montagne. Il est loin d'imaginer qu'il va falloir assurer pour six ! Car le guide de son groupe meurt brutalement... facile de dire "pas de panique" dans ces conditions.

**815 Plongeon de haut vol** **Senior**
par Michael Cadnum
Bonnie pratique le plongeon de compétition. Un jour, elle se cogne la tête contre le plongeoir et depuis n'arrive plus à plonger. En plus, son père est accusé d'escroquerie…

**814 Et tag!** **Senior**
par Freddy Woets
Vincent a une passion : peindre, dessiner et surtout taguer. Mais le jour où Alma se moque de son dernier tag en le traitant de ringard, Vincent est profondément vexé…

**810 Une rivale pour Louisa** **Junior**
par Adèle Geras
Louisa déteste la nouvelle du cours de danse: elle est trop douée! Un chorégraphe vient recruter de jeunes danseurs: et s'il ne choisissait que Bernice? Heureusement, la chance et l'amitié triompheront de leur rivalité.

**809 Louisa près des étoiles** **Junior**
par Adèle Geras
Louisa rêve d'assister à une représentation de Coppélia, mais les billets sont chers, et de toute façon, il ne reste aucune place ! Heureusement, la chance lui sourit : Louisa va même pouvoir rencontrer les danseurs étoiles!

**808 Le secret de Louisa** **Junior**
par Adèle Geras
Tony, le nouveau voisin de Louisa, est doué pour la danse, mais il est persuadé que seules les mauviettes font des entrechats. Pour cultiver ce talent caché, la petite « graine de ballerine » a une idée en tête…

**807 Les premiers chaussons de Louisa** **Junior**
par Adèle Geras
Louisa en rêvait depuis des mois : à huit ans, elle enfile enfin ses premiers chaussons de danse! En attendant de faire une grande carrière, il faut travailler sans relâche pour le gala de fin d'année. Louisa deviendra-t-elle une vraie « graine de ballerine » ?

**805 Ménès premier pharaon d'Egypte** **Senior**
par Alain Surget
Héritier du trône, Ménès doit braver mille dangers pour prouver qu'il est digne du titre de premier pharaon d'Egypte. Saura-t-il affronter ses ennemis, et devenir le Maître des Deux Terres ?

**804 Jalouses!** **Senior**
par Christian de Montella
Comment Simon aurait-il pu deviner que sa copine de bac à sable était devenue une véritable top-model ? Comment aurait-il pu éviter la crise de jalousie de Véronique, sa petite amie ?

**803 Baisse pas les bras papa!** **Junior**
par Christine Féret-Fleury
Depuis que Papa est au chômage, les fous rires, c'est terminé ! Au menu : soupe à la grimace. Il n'y a plus qu'une solution : l'aider à retrouver du travail.

**802 De S@cha à M@cha** **Senior**
par Rachel Hausfater-Douieb et Yaël Hassan
Sacha envoie des emails, comme des bouteilles à la mer, à des adresses imaginaires. Jusqu'au jour où Macha lui répond. Une véritable @mitié va naître de leurs échanges.

**801 Rendez-vous dans l'impasse** **Senior**
par Kochka
« Une histoire d'amour dont vous êtes le héros » : c'est le sujet de la prochaine rédaction de Marie. Partie à la recherche de l'inspiration, Marie débouche dans une impasse, où elle aperçoit un garçon qui s'enfuit en la voyant...

**800 La main du diable** **Senior**
par John Morressy
Béran veut être jongleur itinérant. Mais sur les routes du Moyen-Age, le diable rôde aussi : un jour, il lui propose de devenir le plus grand jongleur du monde... en échange de son âme!

**799 La révolte des Camisards** **Junior**
par Bertrand Solet
1685: révocation de l'Edit de Nantes. Près d'Alès, Vincent, jeune drapier et rebelle protestant, est aimé de la belle Isabeau. Trahi par un ami jaloux, il s'engage aux côtés des « Camisards » pour défendre sa religion.

**798 Louison et monsieur Molière** **Senior**
par Marie-Christine Helgerson
Louison a dix ans quand Molière la choisit pour jouer dans sa dernière pièce. Et pas n'importe où ! À la Comédie Française, devant la cour du Roi Soleil...

**797 Les gants disparus** **Senior**
par Marie-Claude Huc
Millau, capitale du gant, fin 1918. Irène, quatorze ans, jeune ouvrière douée de la ganterie Palliès, est fière de son travail... Mais un vol vient semer le trouble dans la petite ville...

**795 Je veux MON chien! Junior**

par Colby Rodowsky

Ellie n'est pas contente, ce n'est pas un chien comme ça qu'elle voulait ! Depuis le temps qu'elle demandait à ses parents un petit chiot... elle se retrouve avec une espèce de vieux chien sans charme qui appartenait à sa grand-tante!

**794 L'arche des Noé Junior**

par Wendy Orr

M. et Mme Noé possèdent le plus grand et le plus merveilleux des magasins d'animaux. Ils l'ont appelé « l'arche des Noé ». Leur bonheur serait complet... si seulement ils avaient des enfants! Or, le jour de ses sept ans, Sophie vient visiter leur magasin... Entre la petite fille et les Noé c'est le début d'une grande amitié.

**793 Le dernier loup Senior**

par Roland Smith

Tawupu, le grand-père de Jack, est retourné sur la terre de ses ancêtres, dans le désert de l'Arizona. Jack part l'y retrouver. Là-bas, l'inquiétude monte : un loup rôde dans la région. Jack saura-t-il protéger l'animal alors qu'on organise sa mise à mort?

**792 Quatre poules maboules Junior**

par Robert Landa

Pour ne pas servir de dîner au fermier, Hugoline, Bruneheau, Rosette et la petite Prunelle, les quatre poules de la basse-cour, décident de s'enfuir. Elles se retrouvent au beau milieu d'une fête foraine: un tour de grande roue, un petit verre à la buvette, et nos quatre poules tournent maboules!

## 781 La princesse qui détestait les princes charmants **Junior**

par Paul Thiès

Il était une fois une princesse qui s'appelait Clémentine, et qui ne voulait pas épouser de prince charmant. Elle détestait carrément les princes charmants ! Elle n'avait qu'un rêve, transformer tous les garçons en grenouilles, sauf son ami Cabriole…

## 780 L'araignée magique **Junior**

par Nette Hilton

Jenny adore aller passer des vacances chez Violette-Anne, son arrière-grand-mère. Cette année, Jenny y découvre une invitée surprise : Pam, l'araignée à sept pattes. Cette araignée n'est pas ordinaire, et sa présence rappelle bien des souvenirs à Violette-Anne…

## 779 La fée Zoé **Junior**

par Linda Leopold Strauss

Qui a dit que les fées avaient des ailes et une baguette magique ? Lorsque Zoé entre dans la vie de Caroline, elle a l'air d'une petite fille tout à fait ordinaire… et pourtant ! Tout le monde ne peut pas voler et faire parler les chats !

## 778 L'île du vampire **Junior**

par Willis Hall

Rejeté à cause de ses ancêtres Dracula, les seuls amis du comte Alucard sont les loups de la forêt. Quand l'un d'eux est capturé, le comte improvise un sauvetage… qui se transforme en naufrage sur une île déserte !

**767 Le quai des secrets** **Senior**

par Brigitte Coppin

Bretagne, 1529. Un navire espagnol fait escale à Nantes et y laisse une femme, Leonora, et son fils, Jason. Leonora rencontre Jean, médecin, et ensemble ils ont une fille, Catherine. Un jour, Jason dérobe un miroir pour l'offrir à une jeune villageoise. Ce vol va entraîner la révélation de bien des secrets…

**766 Le diable dans l'île** **Senior**

par Christian de Montella

1604. Un navire espagnol accoste une île des Terres australes. Fils du commandant, Diego comprend la barbarie de cette conquête, et se joint au combat, mais du côté des indigènes. Commence alors une vie nouvelle, heureuse. Mais bientôt des incidents troublent le quotidien de l'île : les habitant sont persuadés que l'esprit du mal est parmi eux. Qui est donc le diable qui hante l'île ?

**765 Sans toit en Bosnie** **Senior**

par Els de Groen

Dans les ruines d'un village bosniaque, la guerre rôde. Seule Antonia y habite. Son but : survivre, afin d'aider trois adolescents, réfugiés dans la montagne proche. Un jour elle recueille Aida, rescapée d'un convoi de prisonniers. La vie est-elle encore possible pour tous ces adolescents ?

**764 Le conquérant** **Senior**

par Marguerite de Angeli

XVIII^e^ siècle : entre guerres et maladies, le malheur frappe de nombreuses familles en Angleterre. Robin n'a que dix ans lorsqu'il perd l'usage de ses jambes. Il parviendra à vivre avec son handicap,mais un autre défi l'attend : sauver le château.

**759 Monsieur Labulle super magicien** **Junior**
par Massimo Indrio
En pleine nuit, M. Labulle est réveillé par un bruit. Il découvre dans la cuisine une petite fille : Stella arrive de l'espace, elle est magicienne. Elle lui demande de l'accompagner dans une mission… explosive !

**758 Monsieur Labulle super cosmonaute** **Junior**
par Massimo Indrio
Lulu Tirebouchon est le meilleur ami de M. Labulle. Cet inventeur de génie vient de créer une fusée. M. Labulle accepte de tester l'engin : dans quelle drôle d'aventure s'est-il encore embarqué ?

**757 Monsieur Labulle super détective** **Junior**
par Massimo Indrio
M. Labulle adore lire les aventures de Super Super. Quand il apprend l'enlèvement de l'oncle Rémi, il décide de prouver à son tour son courage. Attention ! Monsieur Labulle mène l'enquête…

**756 Monsieur Labulle super pilote** **Junior**
par Massimo Indrio
M. Labulle, dans la vie il faut travailler ! Oui, mais quel métier exercer ? Pâtissier ou peintre en bâtiment ? Pilote d'essai semble une meilleure idée… quelle course !

**749 Khan, cheval des steppes** **Senior**
par Federica de Cesco
Anga, jeune Mongole, sauve d'une meute de loups un magnifique poulain blanc. Anga et Khan deviennent inséparables. Mais le cheval est convoité par le chef de la tribu, puis réclamé par un prince : dans la Mongolie du XII^e^ siècle, Anga, fille de chasseur, pourra-t-elle garder son nouvel ami près d'elle ?

## 748 **Beau-Sire, cheval royal** **Senior**

par Jacqueline Mirande

1214. Jean, jeune noble de quinze ans, est privé de ses richesses par son cousin. Il veut demander justice au souverain, Jean sans Terre, et s'enfuit avec Beau-Sire, son cheval. Mais ce magnifique étalon est très convoité : la route est semée d'obstacles et Jean, tombé aux mains d'un brigand, n'aura la liberté... qu'en échange de sa monture.

## 747 **Un cheval pour totem** **Senior**

par Alain Surget

Nuun a dix ans, l'âge auquel on devient adulte dans sa tribu. Il doit pour cela subir un rite d'initiation et choisir un animal-totem : ce sera le cheval. Quelques jours plus tard, il trouve un poulain, et l'adopte. Nuun le baptise Charbon, et ils deviennent inséparables. Mais le sorcier de la tribu est jaloux, et se fait menaçant...

## 746 **Le cavalier du Nil** **Senior**

par Alain Surget

Bitiou, fils de paysans dans l'Égypte des pharaons, est fasciné par les chevaux. Un jour, il se joint aux troupes de Ramsès II, qui regagnent Memphis. Arrivé au palais, Bitiou se faufile jusqu'aux écuries royales. C'est alors qu'il fait la connaissance du plus beau cheval de Pharaon : ensemble, ils vont vivre des aventures extraordinaires.

## 745 **Punch et Judy** **Senior**

par Avi

Les États-Unis, à la fin du XIX$^{e}$ siècle. Punch a huit ans à peine lorsqu'il est recueilli par la troupe ambulante des Joe MacSneed. Il apprend dès lors à vivre comme un vrai saltimbanque, aux côtés de Judy, la fille de Joe, dont il est amoureux. Mais bientôt, les difficultés s'accumulent...

## 744 Les naufragés du ciel **Senior**

par Daniel Vaxelaire

Octobre 1929, aéroport du Bourget : l'avion Farman 192 AJJB s'envole. À son bord, trois héros avec ce rêve fou, ce pari insensé : rallier la Réunion par les airs. Arriveront-ils à bon port ? Farman résistera-t-il aux tempêtes du continent africain ? La mer épargnera-t-elle les aventuriers ?

## 743 Viola Violon **Senior**

par Rachel Hausfater-Douieb

Viola a onze ans et déteste son prénom. Jusqu'au jour où Benny la surnomme « Viola Violon » : alors, pour que son prénom soit aussi beau que la musique d'un violon, Viola décide d'apprendre à jouer de cet instrument. Au fil des années, Viola va trouver son identité et s'accepter telle qu'elle est, grâce à la musique.

## 742 Un héros pas comme les autres **Junior**

par Anne-Marie Desplat-Duc

Mathias, un jeune paysan, vit au XV$^{e}$ siècle. Amoureux de la châtelaine Aelis, il n'ose pas lui avouer ses sentiments. Il finit par demander de l'aide à un personnage tout à fait inattendu… l'auteur !

## 737 L'été catastrophe ! **Senior**

par Margot Bosonnet

Depuis que Marcus a rejoint la bande du Ventre Rouge, les grandes vacances ne sont plus qu'une gigantesque bataille ! Grimper aux arbres à mains nues, voler des groseilles, passer la nuit dans une ruine abandonnée (et hantée !)… ces cinq lascars ont plus d'une idée en tête pour faire enrager voisins, parents… et même policiers !

Cet
ouvrage,
le deux cent
soixantième
de la collection
CASTOR POCHE,
a été achevé d'imprimer
sur les presses de l'imprimerie
Maury Eurolivres
Manchecourt - France
en janvier 2006

Dépôt légal : avril 2000.
N° d'édition : 4724. Imprimé en France.
ISBN : 2-08-164724-9
ISSN : 0763-4544
Loi n° 49-956 du 16 juillet 1949
sur les publications destinées à la jeunesse